U0164647

往昔記趣

一個香港人的歷奇

送給風雨同路的妻子 慧玉

目　錄

序 一

瑤階競秀愛蘭叢，
扶醉含飴樂更豐。
倘得芬馨傳上苑，
花前肅立謝春風！

三十年前，整理先嚴詩稿，偶讀上載之「八十初渡漫成」詩句，不覺淚盈於睫，深感父親對我們四兄弟之成長，竭盡心力，花前肅立，酬謝春風！

三弟允中，天聰過人。自幼勤奮向學，凡事尋找真理。惜年前患癌症末期，但憑其無比意志，擊走癌魔。去年由於一個小手術失誤，在死亡邊緣掙扎多月。在康復過程中，他把一生經歷，輯錄成文。文中除看到他的成長，亦能體會香港舊日的生活概況，堪可一讀。

文末描寫榕樹的枯榮，暗喻人生。周而復始，萬物變化有序，不可強求也。藉此擱筆之際，贈三弟一首七絕，以示夕陽無限好，哪怕近黃昏。再闖人生路吧，允中弟！

蘭菊爭艷向人妍，
梅花泛白柳色鮮。
最愛晚晴無限好，
錦霞爛漫夕陽邊！

林兆泰

序 二

　　中學時期與允中兄建立同窗之誼到今年剛好是一個甲子。六零年代開始我們都是從同樣的橫街窄巷泥塵地打滾出來，我是女孩，差點兒沒把眼淚鼻涕往臉上擦。那些是黃金的歲月，是現代的孩子無法想像的生活。還記得，我要走過幾條橫巷去找親友求借三毛錢買「火水」去點爐煮飯，結果還是借不到。六十年轉眼即逝，那些年的種種困霉記憶亦已變模糊，但很奇怪，現在回想起來，腦海裡好像沒出現幾個負面詞兒；貧窮不是實詞，因為大部分人的境況都一樣，也沒有甚麼難過抑鬱憤怒的概念，因為人們大部分時間精力都用於努力求兩餐溫飽和解決生活上的困難，剩下來可以尋苦惱的時間就不多了。

　　抱著這種經驗情懷，我高興地閱讀了允中兄這本新書，內蘊藏的幾十個有血肉有個性的人生故事，短短數萬言，見証了香港從一個拙樸窮困的小城，憑藉香港人的艱苦、勤勞、奮鬥，萬里翱翔，轉化為一個摩登現代化的世界重要金融中心。允中兄的簡單直接樸實無華的筆觸下洋溢著一片如赤金的真誠的心，我讀著讀著，感覺舒服共鳴，腦內產生的畫面一幅一幅都是香港過去半世紀的光華面貌。

　　允中兄這本書聰明地分開為香港的五十年代、六十年代、七十年代、八十年代、九十年代至今的幾個環節，串聯起他

從小學、中學、大學的讀書經歷，及畢業後遠赴重洋工作，數年後回港投入中電街線部、海洋公園、中電工程部及大亞灣核電廠的豐富的人生經驗，橫切以生活的種種興趣活動如網球、高爾夫球、草地滾球、潛水⋯⋯再輔以吹口琴、寫作等的文化愛好，繪畫出琳琅滿目的豐富人生，再配合以香港自五零年代至九零年代的從無到有的起飛過程，令人更深入認識香港，經緯萬端，趣味盎然，多彩多姿。

允中兄這本書還有一個特點，就是富有人情味，無論寫與父親談心，寫摯友，寫真情，或寫在疾病之中倚靠神與腫瘤搏鬥，字裡行間都閃爍著心靈的光芒，令人鼓舞。

願讀者們從這本書能重溫香港的過去到現在的珍貴片段，記起香港人奮發圖強的力量，從而找到迎接未來的謙卑和勇氣。

在不斷的失去和得著之間，便是最美的人生。

馮志麗

護士、聲樂老師、詩人

二零二零年三月三十日

序　三

一个平凡人的不平凡故事

「當我們用心活好每一天時，任何日常瑣碎，都會成為不平凡的故事。」

2018 年 4 月，雖然未完全脫離癌症的威脅，但允中已戰勝了決定性的第一仗。前途是滿懷希望的，隨後的日子，病情雖有起伏，但癌病仍受控。可是，到了 2019 年 3 月，因腫瘤再度活躍，做燒融手術時竟同時燒傷了僅餘的右主膽管！左右膽管全閉塞，突發嚴重黃膽病！隨後病情就變得更複雜，日子更難過。

作為允中的朋友及神師，每次得知他的病情反復，無時無刻活在希望和失望當中，自己的心除了難過也浮現了許多的不解！為何一個大好人仍要受這麼多的苦？我也知道回答這個問題有不同的標準答案，但如今每天為允中祈福時，總帶著未能釋懷的心求助耶穌：「主，祢所愛的人病了！」下款當然是：「求求祢出手好嗎？」記得 3 月 15 日晚禱後，我給允中和慧玉傳了則短訊，是一個打從心底升起的禱文：「親愛的主，懇求祢一如昔日治好血漏病的婦人，今天請祢大發慈悲，治愈我好兄弟允中腹內外的傷口，使它復合到原來的健康狀況。耶穌，我信賴祢。聖母瑪利亞，我也把允中

和 Josephine 交托在祢懷中，請一如當日在加納婚宴中為新郎新娘請聖子耶穌化解危機，今天也請祢為他倆求得此刻最最需要的恩寵！」

然而在他與腫瘤的博奕中，允中並沒有唉聲歎氣，怨天尤人，反而以沉實溫文的態度面對自己的遭遇，在精神體力較穩定時，蒐集過去生命的大小記憶，編成一篇又一篇的生命故事，就這樣呈現在各位讀者面前。一如他在不同場合所言：「能夠分享，是一個福分！」

我與他年紀相若，只大他幾年，他的故事關於自上世紀五十年代開始至今這七十年間生命的點滴，當中有許許多多的共鳴，猶如知己；當然也有他不少獨特的經歷：事業上的，愛情上的，親情友情上的……都讓我羨慕不已，也為他深感欣喜！人生雖然有遺憾，但有如此生命歷程，夫復何求！允中雖然是個工程師，頭腦邏輯了得，精打細算，一絲不苟，但原來心底處乃是個柔情漢子，對父母，對兄弟，對子女，對自己摯愛的妻子，心仍是那麼細微體貼！他多次向我說，他並不怕死，也自覺此生對得起自己，但他堅持與病魔糾纏，只因為太愛慧玉，不忍她這麼辛苦，很想與她多活一段日子，待她更好一些！如此丈夫，天下難求！允中也是個說故事能

手，讀他的故事，無論寫景寫情述事論人，用詞豐富，流暢自如，驚人的記憶，巨細無遺，卻又沒半句廢話！原來工程出身的人，仍可以文采斐然！

　　我從不相信天主刻意製造苦難來考驗人及折磨人。苦難原本就是一個奧秘，不能以常理解讀。然而活上一把年紀的人終會發現「苦難」和「大愛」同是一個人成長成熟成聖的必經之路，品嘗過及品嘗著的人，才算得上是圓融生命的全科生。允中，別怕！往後的日子，路雖然不一定好走，你仍要獨自承擔身體的傷痛，但請相信，有你摯愛的妻子，有欣賞和珍惜你的親人朋友，更有不離不棄知你苦難的耶穌的陪伴，你並不孤單。我們都撐你！

關俊棠神父

二零二零年四月三日

自 序

　　我生於貧困環境，有幸父親嚴明，母親慈愛，兄弟和睦，得以接受良好教育。畢業後事業尚算順利，但完美主義使我緊張，不懂快樂。經人生挫折磨練，及腰患長期不愈，受神父教誨，聖言感動，才懂得謙卑和分享之樂。

　　港英時期，香港重英文輕中文，我亦隨波逐流輕視中文。及至上深圳大亞灣工作，才開始用中文寫備忘錄。運用中文的機會多了，才覺得中文精妙，適當使用成語及典故更事半功倍，中文實在比英文高一層次。退休後，閒來喜寫一些生活故事，寄情文字，自得其樂。

　　愛上了寫文後，便報讀長者學苑寫作課程，希望能在寫作上有所進步，但所得甚微。後聞，文章之引人閱讀，是其內容而非文筆，故大膽多寫我的經歷。一來是對自己一生的回顧，二來是希望藉著活出的生命，能使後輩或別人得到正面的鼓勵。

　　2002 年信主耶穌後，我的性格改變了，柔和了一點，捨得多一點。但基本上仍是事事希望自己掌控，不曉交托。2017 年突然發現四期癌症，以為快要一命嗚呼，卻得主耶穌恩賜奇跡，救回一命。故出版《與癌症搏鬥》一書，以鼓勵同行者及讚頌上主。往後兩年，癌症多次復發，此期間的文章描述了復發對我的打擊，及我怎樣靠著主繼續與病搏鬥。

2019 年 6 月，比死還可怕的惡夢來了，一次小手術的失誤，使我在劇痛及死亡邊緣掙扎了三個月。主耶穌再顯神跡，又一次保住我的性命，及給我希望。我要寫下這極度艱難的經歷，給人作見證，見證我怎樣靠著信仰撐過每一天，見證我的信德的建立、崩潰、再建立過程，希望能帶給人積極的生命訊息。

　　此書跨越我的一生，由四十多篇獨立的小故事組成，有香港大事回顧，當年的生活趣事，事業上的抉擇，遊戲與社交，大亞灣點滴，遊記，與癌症搏鬥及人生意義。一篇就是一個故事，讀者可以順著次序看，亦可以單獨看。相信這一代的香港人看後會有或多或少的迴響。

　　我幼年隨父母避難抵港，唸書，成長，工作，退休；香港亦從貧窮中發芽，建立基礎，經濟起飛，至今天的繁榮。回望過去，每人都會有自己的回憶和感受。

　　我只是小人物，但好像聽到主的呼喚，叫我厚著臉皮寫出我的生命故事，及所活出的生命意義。只要是真實，只要是好事，不妨與人分享，說不定會對別人有好的影響，對子孫後輩有所啟發。

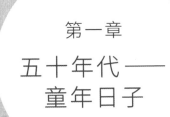

第一章

五十年代 ——
童年日子

香港五十年代

　　二次大戰後，由於中國大陸極度貧困及不自由，內地人大量移居香港，帶來勞動力，來自上海的商家更帶來資金及技術，幫助了香港建立製造業，使香港經濟起步，後來香港與南韓、台灣及新加坡被稱為「亞洲四小龍」。1950年，港府關閉邊境，內地人不能再自由入境，但偷渡人潮制止不了，使香港人口激增至二百多萬。

　　人口激增帶來房屋問題，密密麻麻的破漏木屋滿佈山邊，1951年東頭村大火，燒毀寮屋五千間。1953年石硤尾大火，燒毀寮屋七千多間，災民五萬人，促成政府開始興建「公共房屋」，逐漸淘汰航髒危險的寮屋。

　　為推動工業發展，一年一度的「工展會」是香港的大事。本地廠商搭建美侖美奐的攤位，聘請美麗的工展小姐，宣傳本地產品，例如白花油、梁蘇記遮、鱷魚恤、駱駝漆、馮強膠鞋、利工民內衣等。工展小姐選舉有如今日的香港小姐受大眾歡迎。

　　新界仍是處處菜田禾稻，滿眼青綠，香港的蔬菜能自給自足。沙田墟只有幾條行人街，屯門仍是田野，九龍最高的樓是九層高的電話大廈。

　　1957年「麗的呼聲」開始有線電視傳播，無線電視則到十年後才成立。童星蕭芳芳的一曲《媽媽好》家喻戶曉。

白屋仔

在粉嶺聯和墟的旁邊,有百多間用砂磚及石棉瓦搭建的單層排屋,排在四條通道(稱為街)的兩旁,牆身白色,便是當年的「白屋仔」了,正式名字為聯和新村。所謂「新村」,是指它並不是傳統的新界村落,沒有村長,沒人管理,就只是一群較窮的人聚居的地方。

屋子很小,不足三百呎,由不到頂的「快把板」間出幾種間格:一廳一房、一廳兩房及只有三房,房間上面還有一個企不直身的木閣樓,後面是小廚房及天井,但沒有廁所。一間屋通常住兩、三戶人,只住一戶的人家算是較幸運的了。

我家是屬較幸運的,七口子住一間屋,在村邊的第四街,面向菜田,還有一點點空地可以養雞種花。起初空地較大,父親種了幾株楊柳,後來那地被人收去,但楊柳還是我們的,每逢清明節,鄰居都來摘柳條。

白屋仔家門 1955

右鄰的侯先生是做洋服的，專門服務巴基斯坦人。英國為確保順利統治香港，駐軍聘用尼泊爾喀喇兵，警察則多用巴基斯坦人，而新界警察總部設在粉嶺，侯先生便常有顧客。曾有位巴基斯坦人指著牆上的世界地圖問我，知否巴基斯坦在何處，幸得父親經常教導常識，還是三年級的我立即指出「東巴」和「西巴」的位置，他見孩童也曉得他的國家，便賞了我「五分錢」。

　　左鄰住了三伙人。包租的是唐爺嫲及三個孫兒，住中間房及閣仔，唐先生很少回家，唐太卻從來不見。頭房租客是彩嬸和兩個兒子，彩叔是行船的，一兩年才回家一次。尾房住的是姓韓人家，韓先生在聯和墟一百貨店當售貨員，但他要看守店舖，晚上也不回家，他的女兒麗娟十分漂亮，是第一個吸引我的異性。這屋的情況可說是白屋仔的典型，反映五十年代香港人的境況。

　　街尾的陳宅則是白屋仔的例外，他們的大兒子是「當差」的，有權有勢，把自家及兩鄰前面的地方都佔有了，闢為私家花園，真有辦法。

　　第四街還住了一對中年夫婦，丈夫很低調，太太「阿姑」卻吃得開，健談、平和、好客。她家有個大廳，街坊們都愛到她家談天打牌，她在麻將檯上「抽水」；漸漸地大家熟絡了，她便開始組織「銀會」。當年香港經濟落後，銀行又不會借貸給個人，急需錢用的家庭便很狼狽，所以銀會十分流行。「會頭」當銀行角色，負責訂立條款，召集「會仔」，

管理金錢及定期開會，收取會仔的首期供款作為酬金；會仔則定期向「銀會」供款，作為儲蓄，期滿便可收回本金及利息；急需現金的會仔可向銀會借錢，俗稱「標會」，但須繳付利息，利息的高低由各會仔開會時用競爭方法決定；這樣，各方面都能取其所需。開始時阿姑只開了兩個小金額的銀會，後來大家對她很信任，銀會便愈開愈多愈大。有一天，她兩夫婦突然失蹤了，只留下一間空屋，不少家庭的血汗錢亦化為飛煙了。

因為屋內地方狹窄，夏天時石棉瓦下又非常炎熱，大家都喜歡在門外活動，小孩在街上玩耍、做功課，成年人打紙牌、聊天，一家人在門外吃飯等等。於是四鄰都很熟絡，有事互相照應。

除了四條直街外，橫貫白屋仔中間有條大巷，孩子們都喜歡在這裡追逐玩耍，如踢膠波、跳橡筋繩、捉迷藏、跳飛機、掟仙等等。又因這村有幾百戶人家，很多小販便到來叫賣，他們擔著「擔挑」從村頭走到村尾，喊叫著：魚蛋、豆腐花，涼粉，叮叮糖、磨鉸剪鏟刀、補鑊、染衫、收買爛銅爛鐵等。魚蛋佬有輛小車，可較輕鬆地四處推賣；豆腐花佬吃力多了，他擔著用瓦缸盛載的熱豆腐花，一碗賣一角。但碰到天陰快要下雨時，便立即減價促銷，只五分錢一碗。

白屋仔的房子是沒有自來水的，家家都要到街喉取水，在 1963 年，香港遇上大水荒，每四天才供水四小時，我們要

靠街喉的人便悽慘了，幾百戶人輪兩條街喉，怎敷應用？我們便到老遠的菜園井取水，費九牛二虎之力挑回家。

用砂磚及石棉瓦搭建的房子並不穩固，每次十號颱風總有一兩家被揭去屋頂，父親有見及此，便把屋頂的木樑（其實只是木條）用粗鐵線縛緊到木閣樓，以整個閣樓的重量穩住木樑。六十年代超強颱風「溫黛」襲港時，我們右鄰的屋頂被吹走幾塊石棉瓦，使我們的屋頂更受風，被揭起了一些，我在屋內抬頭竟可望見天空，太可怕了，幸好父親早有準備，保護好屋頂及我們一家。

我於五六歲時入住白屋仔，過著最簡樸快樂的生活，見証了五、六十年代的貧乏境況；後來隨著成長及香港經濟飛升，建立了自己的家庭和事業。白屋仔雖然於九十年代被拆掉，改建為現今熱鬧的海聯廣場，但當年的開心奮鬥生活，仍歷歷在目。現在兒孫們雖萬物富足，卻難見他們有我們當年的拚搏精神、適應能力、合群和快樂；現在社會經濟富足，科技不斷發展，為什麼人反而愈多抱怨，生活愈不稱心？

主耶穌說得好：「人的生活靠餅，但不單只靠餅。」

念春暉

我有個奇怪想法，小時候的父親像舊約聖經中的天父，公正嚴明，塑造了我的人格；媽媽妳卻像聖母瑪利亞，充滿慈愛，默默地陪伴我跨越困難。

邊界剛封鎖了，我們僥倖能及時從深圳移居到香港。父親在九龍工作，週末才回家。妳帶著我們四兄弟住在粉嶺「白屋仔」，薄薄的石棉瓦頂，漏雨的門窗，沒有自來水和廁所，三顆裸露的燈泡是全屋唯一的電器。「白屋仔」的房子太小了，孩子們都走到街上嬉戲。這晚，突然有人大聲叫喊：「有醉酒鬼呀！」粉嶺駐有一營英軍，魁梧的英兵在聯和墟的酒吧喝醉了，便四處鬧事。聽到喊聲，孩子們立即四散跑回家，關閉門窗。我們幾兄弟倚著妳，不敢作聲。一陣陣踢門聲傳過來，越來越接近。忽然，「澎！澎！」我們的門像被鐵鎚撞擊，「澎！澎！」門快要破了！我感到從未經歷過的恐懼，妳緊緊地摟著我們，柔聲說：「不用怕，街尾的九哥是『差人』，他會來趕跑醉酒鬼的。」果然未幾，聽到門外有說話聲，九哥真的來了！他半推半哄地把那醉酒鬼弄出村外。

屋前有一小塊空地，我們養了些雞鴨幫補生計。新生受過精的雞蛋很有價，每天有人上門收購，每隻五毫，有時甚至七毫！那年代一斤「米碎」（斷了的米）才四毫，所以那三四隻母雞是我們的寶貝。母雞生下蛋後會驕傲地啼，就如

四兄弟與母親

妳看著我們長大而感到驕傲。有次養了幾隻初生的小鴨,十分趣緻,我和二哥喜歡到田裡掘蚯蚓餵牠們,見牠們狼吞虎嚥地吞吃,心中大樂。這天正在餵小鴨,見有一隻吞下蚯蚓後,蚯蚓卻從牠的頸部鑽出來,真奇怪!原來牠的頸部及食道給圍欄的鐵絲網割破了!妳拿了針線,像替我們縫衣裳一樣把傷口縫好。後來,這鴨子跟其他鴨子一樣,長得肥肥大大。

　　家裡經濟十分拮据,妳便下田工作,在烈日下蹲在菜田拔一整天雜草,只得三塊錢。正因為要送飯到田裡給妳,我便學會了弄一些簡單的飯菜。

　　我們雖然住在粉嶺,父親卻送我們幾兄弟到大埔官立小學就讀,因那是新界東區最好的學校。四年級時,我告訴妳

洗澡時發現胸口脹起一個雞蛋大小的東西，很好玩！我一點也不曉得妳的擔憂。後來父親帶我到九龍看醫生，梁醫生看完我的 X 光片未敢下判斷，叫關醫生到來一同研究，最後認為我是患了「肺結核」，要每天打肺癆針，打一年。肺癆是那年代最危險的病，為了治病，我跟父親住在九龍的洗衣店，不能上學。妳不想我的學業丟得太久，四處找辦法，終於在粉嶺安樂村找到一位稍懂打針的老中醫鄺先生，我便回家居住。每次他到來時，妳把針筒放在一個小銻煲，煮滾兩分鐘做消毒；鄺先生用微震的手拿著針筒，從藥樽裡吸一點藥水，再吸一支玻璃管的蒸餾水，便毫不猶疑地拮在我屁股上。我停學了兩個月，錯過了大考，幸好學校還讓我升上五年級。

六年級時，為了應付「會考」，下午要在學校補習，我便很多機會留在大埔與同學玩耍。妳一般都不限制我玩耍，只要不是去游泳，因大埔「摩囉潭」每年都有小孩遇溺。有一次我偷偷去游泳，回家時被妳發現書包裡有濕的泳褲，贓証俱在，我還推說是在雨中打籃球。多荒唐的大話！妳一定知道我在說謊，但饒了我，亦未有告知嚴厲的父親，免我一場藤鞭之苦。

聖誕節到了，同學間互送「聖誕咭」是一件大事，一盒聖誕咭要三塊錢，我平日的零用錢天天用光，沒有儲蓄，正在為買聖誕咭煩惱，想不到你竟這樣瞭解我，靜靜地給了我五塊錢。媽媽！這差不多是你在田裡兩天的辛勞。

妳煮的飯菜特別有滋味，雖然沒有昂貴的食材，但每餐飯都是我的享受。有次冬天打邊爐，四隻小狼很快便把蔬菜吃光，見到我們還未滿足的神情，妳給了二哥一角錢，著他馬上跑去街市買兩斤生菜，那餐飯的滋味我永遠不會忘記。每逢週末父親回家時，飯桌上會加上一道湯。魚湯較便宜而又有營養，但我是不吃魚的，總問妳湯裡是否有魚，妳總說沒有，我在半信半疑下便喝了，但我留意到你藏不住的喜樂。

　　每逢我感冒發熱，妳不讓我吃米飯，另煮豬潤瘦肉通心粉給我，這簡直比魚翅還要好吃，吃著這通心粉，心裡竟然慶幸自己在生病！

　　遇上大節日時，家裡或會劏一隻雞，在兄弟中我是最饞嘴，我會算準時間，當妳斬雞時，便在廚房門口走來走去。妳明知若給了我雞腿，大家便少了雞肉吃，但無限慈愛的妳捨不得我失望，仍切下雞腿給我。

　　還有我追斷了線的紙鳶時被田裡的惡狗咬了一大口，大腿突出一塊裸露的肌肉，我哭著回家。左鄰右里都過來幫忙，你用銀簪替我消毒傷口，包紮好，及叫來「差人」，用「衝鋒車」送我到大埔醫院聯針。

　　還有……還有千言萬語也說不完的疼我的故事，媽媽呀！怎樣才能回報你暖暖的春暉呢？

小學趣事

我小時住在粉嶺，在家旁的「新界農業福利學校」開始上學。那是一所設在祠堂裡給農民子弟認字的地方，課程沒有標準。兩班共用一個課室，當一班教學時，另一班便上體育、勞作、默書等課，盡量避免互相騷擾。校慶時，每個同學要帶一碗米及一紮柴枝給學校煮食。我五歲時便直插入二年級，到四年級時，我有一塊小田種菜。為使菜長得肥大，我在街頭及垃圾站拾碎玻璃，拾滿了一小桶便可賣一角錢去買肥料。我亦有在街上拾別人吃剩的煙頭，給祖母放在長煙斗上享用，報答她教我用竹篾織竹籃。

得父親的教導，八歲時考進了新界東最好的學校——大埔官立小學。那是三年級，班主任梁老師很喜歡我，常給我特別的任務，例如：有同學犯規需要留堂，我便留下來監督他，我很懷念梁老師。自此以後至大學畢業，雖然我的成績從來不差，但再沒有老師注意我，或與我有較密切的關係，可能是我的性格內向，不自動站出來說話做事，幫不了老師什麼忙；又不是特別頑皮，沒有給老師添麻煩。

那時我們在大埔墟海邊的舊校舍上課，教英文的陶 Sir，重女輕男，對男同學呼呼喝喝，對女同學則柔聲呵護。有一次派簿時，見是我的簿，便粗暴地呼喝：「林允中！」下一本是蘇芬的，他便用最溫柔的語調說：「黎蘇芬。」但當他

見到上前的是個外號「殺人王」的男同學，立刻板起面孔很不滿意的說：「是你嗎？」全班都被他的怪異表情引至哄堂大笑！

大埔官立小學

　　四年級時搬到運頭塘山上偌大的新校舍，校前有足球場、校園和矗立在山坡的一棵巨大的木棉樹；後面是小山，是我們通山跑及捉金絲貓的地方。我那年的成績很好，連考三次第一，但大考前我患上肺病，缺課兩個月，缺席大考，幸好新學期時學校還讓我升上五年級。當時小學是全日制，我們這些從粉嶺和上水到大埔上學的學生，都自帶飯壺，雖是冷飯，卻覺滋味；偶爾母親會給我二角錢，我用一角五分已可買到帶小炭爐的熱飯吃，還剩五分錢零用。

四兄弟重遊母校 2005

　　六年級時的學校生活最多姿多彩，那時學制改為上午班，學校為了爭取會考好成績，經常下午補課，但不用補課時，我們便節目多多。有次我們攜帶銻煲、紅豆和米到大埔滘海灘，捉藏在貝殼的小八爪魚，隨後拾枯枝為柴，就地取山水，大煲其八爪魚紅豆粥。有時我和幾個不怕水的同學到摩囉潭游水，那像籃球場大小的水潭，清澈的潭水源自大霧山，我們多在近小路一邊的淺水地方嬉戲，間中亦冒險游去對岸山邊的深水區，爬上岩石，從高處跳下，相當刺激。傳說這裡水底有「定風猴」，每年總捉去一兩個小孩。課餘活動還有踢足球、打籃球，在後山分少林、武當兩派作戰，捉金絲貓，說不盡的玩意。還有到黎民敬家的大宅園打麻雀、打康樂棋和掟仙，有時更爬上那大樹摘吃紫紅的「番鬼蒲桃」。

班主任鍾老師為人嚴厲，但是個好老師；除了中文課本外，還在課餘教我們唐詩，使這群天真的小學生，自命詩人，作了不少打油詩。我不甚懂事，往往只隨大隊走，有次大家作弄一女老師，我在後面反而擋災，鍾老師罰我作一篇《盲從的害處》，我卻交上一篇《盲蟲的害處》，被同學取笑至今。

　　「詼諧陳」是好好先生，我視他為「老糊塗」，往往在他的堂上揭開桌面，偷看《財叔》漫畫。他亦是「農業實習」老師，我們的田在山下的校園內，攜水下山澆水相當吃力，但收成的肥白椰菜花能補償一切。

　　每年舉行的校運會，我因個子小，從未得獎。但年度的頒獎禮卻間中有我份兒，那張六元獎學金的政府獎狀我還珍重地收藏著。

　　1960 年 7 月，學期近結束了，同學們將分道揚鑣，升到不同的中學，於是大家都忙著拿紀念冊，互贈良言。現轉瞬已過六十年，有幸同學們還能保持聯絡，時有聚會，雖各人際遇不同，但並不代表成功與失敗，人生的重點是要找到意義，憑本份好好把意義活出來，管他是高官大賈，或平凡常人，一樣能得到生命的滿足快樂，一樣為主喜悅。

燒炮仗

放鞭炮是中國人的傳統，凡是大節日，或有喜慶事，大家都喜歡放鞭炮助慶，掛起一排長長的炮竹燃點，讓「噼里啪啦」的巨響及火光，將氣氛推至高峰，然後慶典才結束，但這與孩童新年「燒炮仗」完全是兩回事。

在五十年代，每逢春節，孩童們的口袋總有一元、八角利是錢，男孩多喜歡找尋「燒炮仗」的刺激。各人按自己的膽量，買來一排排或大或小的炮仗，逐個引爆，樂趣就是在引爆時的風險及爆炸的威力！我膽子小，最初只燒「炮仗仔」，幼幼的，不到一吋長。我把它放在竹籬笆上，拿母親用來拜神的「香」，小心翼翼地燃起藥引，便急忙彈開，「嘭」的一聲給了我快感。後來覺得這樣燒不夠刺激，便用手拿著炮仗點火，就是左手拿「香」，右手拈著炮仗，點著藥引便立即擲出去，像士兵擲手榴彈。但有時心理作祟，藥引未著透便拋走炮仗，那便不響了，還會被同伴嘲笑。拿在手燒炮仗的確好玩多了，有時還可將炮仗擲向女孩子們身旁，嚇她們一跳。另一種玩法是用空的「鷹嘜」煉奶罐蓋著炮仗，爆炸時罐子會被彈起。最大膽的玩法是拈著炮竹不拋開，就讓它在手上爆炸，因火藥是在炮仗的中部，若手指只拈著最末端，應該不會受傷。我愚蠢地試了一次，把手指燻得又痛又黑，以後再不敢了。

當年新界仍是農業社會，很多黃牛四處遊蕩吃草，牛糞處處，頑皮的我們為求新鮮，便將炮仗插在牛糞中引爆，看誰走避不及，沾上牛糞！

年紀稍大時，「炮仗仔」對我已不夠挑戰，我便玩大一兩級的「小英雄」，爆炸力當然更厲害更響。有一次玩得太久，我發現炮仗漸漸不怎麼響了，耳朵一片「嗡嗡」聲，後來連自己的說話聲也聽不見！我是聾了嗎？我很害怕，又不敢告訴母親，獨自彷徨，幸好過了半天，聽覺慢慢恢復。

最大的炮仗稱為「電光炮」，像 AK47 子彈大小，聲響如雷，只有大膽的成年人才敢玩，我趁熱鬧時會站得遠遠的。雙響炮則是二炮合一，像一筒橡皮糖，一般是把它豎立在地上，點著引後，下部的火藥先爆，把炮仗射到三四層樓高，上部的火藥才爆。點火時若不小心，碰跌了炮仗，那便不知它會射向哪裡。更有惡作劇的人，用東西調整炮仗的方向及角度，像發炮彈似的射向目標物，作弄別人。「火箭炮」是不響的，卻帶著一條長長的竹簽尾巴，點著後會像火箭似的噴出大量火焰，飛上半空。

還有「泥彈」，形狀就如「麥提沙」朱古力，不用燃點，人們可用力把它擲得遠遠的，它著地或碰上硬物時才爆炸。我不喜歡這玩意，因不需冒風險或用技巧得來的東西，沒有挑戰性。

香港自 1967 年暴動以來，已禁止放炮竹，雖然在新界很多村落，藉著「山高皇帝遠」，仍間中放炮竹賀節，但現在的孩童被視為珠寶，再沒有以前的「燒炮仗」冒險樂趣了。

與父親談心

　　卜宅荔灣側，安居意自祥。
　　松風生曉籟，海日泛晴光。
　　笑共兒童樂，閒看鷗鷺翔。
　　滄溟照眼闊，壯志欲飛揚。

　　我望著牆上你為我題的字畫，感覺到一份做你兒子的驕傲。你的儒家精神、學識智慧、處事嚴明、詩詞字畫等等，無一不令我佩服。雖然你已離開我們三十年，但在我心裡你仍是清晰地活著。

　　剛在羅湖封關之前，你把家從深圳搬到香港粉嶺，及時避開了當時共產黨的黑暗世界，是你替全家下的人生妙著。這決定需要放棄在深圳的祖屋田地，並非容易。

　　我最早的記憶大概是在三年級，你在九龍開洗衣店，週末回家時，必問二哥和我的功課，若發現我們疏懶，未做完學校或你給的功課，那藤條的滋味確能把我們鞭醒。當學校還在教英文單字「a man, a pan」時，你已買了一本《Fundamental English》教我文法。我讀書得以有好成績，最重要是你助我打好根基……「阿爹，謝謝你。」

父親問四弟和五弟功課

　　週日總有些姨媽姑嫜之類的遠近親人到訪，有時更挽著一籠雞做禮物，她們會向你報告近況，及諮詢意見。這說明大家對你的尊重和信任，認同你是族長，智慧又公正。

　　有次芳姨告知，有門路攞「出世紙」，二百元一張，她的子女都已辦了。二哥和我都是在大陸出世，沒有香港出世紙，相當於無國籍，在很多事上都不方便，出不了國。你卻充滿信心地說：「不需要出世紙！如果你叻，公司會想辦法請你去。」我在旁聽見，驚訝你對我們的期望，但又受到你的激勵。

　　我模糊知道你在開洗衣店前，做過好幾種不同的行業。在羅湖開過米舖，當年共產黨攪批鬥，有人指你為地主，若是被評為地主，性命也可能不保，幸好在批鬥會上，還有人

說句公道話:「你哋唔好唔記得,日本仔時大家冇米食,林旭攞米出來分畀我哋。」善有善報……「爹,我為你驕傲。」

你又行過船,不是一般鄉里所做的火工,鏟煤入爐,而是管理火工的文書工作。當時戰亂,搵食艱難,有次你走私一支手槍,藏在葡提子中間,過關時被抽查,海關問箱裡面是什麼,你鎮定地回答是葡提子。海關撬開木箱,看見葡提子便放行,真是生死懸於一線。

我和二哥在小學時,每年暑假你帶我們到油麻地的洗衣店住幾天,看看熱鬧的市區。不錯,見到雙層巴士我已感到興奮,到荔園玩耍更是說不盡的快樂,騎馬仔和坐船仔入隧道的刺激,畢生難忘。我還記得在九龍塘觀看香港島的夜景,在長長的亮麗海岸線背後,是漆黑的太平山,半山司徒拔道的路燈,就像一串發光珠鍊,橫掛在半空。

我上了伊利沙伯中學後,便住在洗衣店。與留宿夥計一樣,晚上在熨床上軋角放兩塊長板,便是我們的床。兩餐飯亦是與大夥兒一起吃,餸菜不太夠;有次上了豆豉鯪魚,你說魚骨也可以吃,我竟然揀了魚肉給自己,把魚骨給你!你瞪著我,我才知道做錯了!「爹,對不起!我思想單純,不曉人情世故,你多點教我吧!」我長大後還是有這毛病,太聚焦於目標成績,忽略了旁人感受。

依商家習俗,初二及十六是店舖「做禡」,晚飯會加添餸菜,我可高興了,「白姐」的梅子蒸鵝又大件、又好味,一餐便吃下三餐的東西。你見我吃得滋味,笑了,我也笑了,

是少有的一齊歡樂場面。你是個模範儒者，以「律己嚴，待人寬，居處恭，執事敬」立命……「爹，我未能學到你多樣的智慧，但這十二字箴言，我切切實實地承接了，它幫助了我的事業，但亦使我常皺起眉頭，不曉得嘻哈歡樂。」

你對我很嚴厲，我很怕你，盡量避開你，但住在店舖亦避不到哪裡去。每週二元的零用錢只兩三天我便花光，有次放學後我留校玩耍，忘了時間，上巴士時剛過了六時，學生月票不能用，售票員要我補五分錢，我身無分文，遲了回家已會被你責罵，被趕下車更是遲上加遲，我急得哭了，後來有一位善長替我補了五分錢，使我感激無限。

有次我瞞著你到赤柱聖士提反學校參加越野比賽。我的肺量因以前曾患肺癆已比人少，越野賽又特別艱辛，以致跑到吐血，全身虛脫，發不出聲，小命也差不多丟了，回到店舖時僥倖沒被你查問，免了一場斥責……「爹，若可重來，我希望你除了教我知識外，多一點與我閒談，化開隔膜」。

1963 年香港嚴厲制水，洗衣店的生意一落千丈，只剩下三個夥計，最後還好業主要收樓發展，你便結業回到粉嶺，在家替小學生補習。開始時只有三兩個學生，但因口碑好，又有我們幾兄弟做生招牌，後來便應接不暇，要添置一張舊的大長檯，還總是坐滿學生。你有系統地出講義，先草擬講義，用鋼針筆用力刻寫在蠟紙上，調較好油墨，再把滾筒沾墨滾過蠟紙，講義便會印在粗糙的白紙上。假若寫蠟紙時用力不均，講義便會漏字、漏筆劃或墨多不成字。於是，「林

伯補習」很快便名滿粉嶺……「爹，做生意不適合你的儒者風格，但補習這活你幹得很好，使我佩服」。

不知是否住在店舖影響讀書，我在初中時成績只是平平，但自搬回粉嶺家後，成績卻突飛猛進，升上 A 班仍能名列前茅。你便不再理會我的功課，甚至中學會考來臨，整年你只問過我一次：「準備得妥當嗎？」我回答說：「都按計劃溫習好了。」謝謝你對我的信任，漸漸地我不害怕你了，但嚴肅的你和寡言的我仍是很少溝通。

入大學後我住在宿舍，碰上大病，留院三星期，出院後你給我錢訂日飲鮮奶。沒兩週，你便問我身體有否好些。我心竊笑，怎可能這樣快便有效果？但心裡知道你關心我，是你很少有的把關愛直接說出來。

轉眼便大學畢業，我到新加坡工作，每月匯錢回家幫補家計。三年合同完後，我回港又馬上進入了中電工作，並獲公司配了一台小車。當時我的自信心很強，又寡言慎言，什麼事都自己決定了才告訴你。你見我為人謹慎，事業順利，便讓我自由發揮，從不反對我或提出你的意見……「爹，其實你高估了我；不錯，定下目標後我總能把事情做好，但有些目標我弄糊塗了」。

我與隔離街的玉清拍拖斷斷續續已八年，從新加坡回港後，更鬧翻分手了幾次，原因很簡單，我與她的性格及思想格格不入，並不是誰對誰錯。你終於看不過眼，叫我入房內，嚴肅地說：「細池（我的乳名），一般人在拍拖時總相處得

融融洽洽，若有問題只會在婚後才出現。你倆人現在拍拖時已經常吵鬧，將來怎可過一世？」

我聽了，但沒有聽進心裡，便立即像電腦程式自動地回答：「我自己有分數！」

隨即便出街了。

幾十年來，這段對話經常在我腦海重現，我真想你當時能喚我回來，嚴肅地強迫我談這人生的最大問題……「爹，你太尊重我了！我那時還未成熟，需要你的引導」。

後來我轉到海洋公園工作，結了婚，雖然爭吵不斷，但我不想你擔心，在你面前總裝著無事的樣子。兩個兒子出世後，我甚少回家，以為每月給阿娘家用，便已是個孝順兒子，我不知若是沒有為你們付出時間和心血，便不是孝順。

你年紀漸大，精力減退，便不再替人補習，而寄情於吟詩、書畫，更多到「學海書樓」與何叔惠、黃思潛等詩人切磋，只可惜我的中文水平低，不曉欣賞你的作品，反而鄰近的「正仔」路過時，必停下來與你談論筆墨，你會談得很高興。

阿娘身體漸差，我們找到一個很好的菲傭服侍你們。那時我又轉回中電，做揦卒仔的工作，而大兒子又多病常入醫院，我的世界全是烏雲。四兄弟湊錢給阿娘每週洗腎，不記得大家掙扎了多久，最後她與我們告別了。你一人在家更加寂寞，可是我還不曉得珍惜，沒有多回家探望你，或多撥電話給你。我已年近四旬，還是不懂孝道。

「林與盧」小小公司在粉嶺開業後，我便有多一些機會與你相處，若我回家吃你煮的南乳排骨飯，你就滿心歡喜，我開始覺得我們親近了。當你告訴我心臟病發時痛得厲害，我亦感到心痛。

我在中電捱了四年卒仔後，很僥倖獲得升職入青山電廠，你送給我這首五律：

> 海角殘山闢，連雲廠宇成；
> 洪爐驚焰烈，蒸氣挾威征；
> 光耀萬家色，能增百業榮；
> 壯懷時在抱，應有快平生。

二哥住在粉嶺，有事要看醫生多是由他陪你，但每次他都要向公司告假，不太容易。你的隱隱腹痛已有多時，二哥帶你到油麻地伊利沙伯醫院檢查後，電告我你患有大腸腫瘤，需要趕快割除，但醫院並沒有任何安排。當時是下午三時多，當年並沒有手提電話，我要馬上找到外科醫生劉同學，看怎樣安排，待二哥再來電時告訴他。在等待老劉接電話時，我內心很緊張，因若找不到他，二哥便得帶你回家，不知何時才能找到合適的醫生及安排手術。還幸電話接通了，而且老劉可以即時看你。於是，二哥便立即帶你去薄扶林的瑪麗醫院，馬上安排入院，很快的便割除了腫瘤，回家休養。

自此以後，我的心裡總蒙著一片陰影，因腫瘤常會復發。記得那年暑假，我們四兄弟帶同家人到大嶼山度假，東涌的

清靜田園風光，一點都不能使我的心寧靜。我們在東涌舖仔打電話給你，希望能表達兒孫們在遊玩期間，也沒有把你忘記。

天下無不散的筵席，過了兩三年，你終於與我們道別。但你的儒家精神、族長威望、人生智慧、詩詞字畫等等，卻長留在我們心中，帶領著、鼓勵著我們在人生路上前進，你是我心中的英雄。

我如今重病纏身，每天在鋼線上生活，心情難免有時低落，主耶穌是我的主要力量，阿爹你亦是我的倚靠。望著你題的詩，心中感到鼓舞，我早晚亦會回到你身邊，向你吐出這篇心中話。就假定我明天會離開這世界，今天我仍要發揮我還有的能力，積極地活出神的旨意，去榮耀神，去榮耀你。

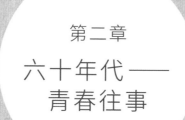

第二章

六十年代 ——
青春往事

香港六十年代

　　隨著人口激增，香港的食水不敷應用，1963 年出現大水荒，政府實施嚴厲制水，每四天才供水四小時。鋅鐵水桶賣斷市，街喉常現水桶龍，市民為爭水吵架，上學不用穿白色校服。為了徹底解決水源問題，香港便與廣東省簽定東江水協議。

　　當年膠花手工業盛行，家家戶戶到山寨小廠領膠花配件回家，全家動員穿膠花，按件數計糧，幫補家用。因是在家工作，靈活方便，從事塑膠花的人竟有近四十萬，養活了數以十萬計的家庭。因香港人刻苦耐勞，穿膠花又不需廠房設備，生產成本低，小小香港竟可以佔全世界八成的供應！

　　家庭手工業還有「釘珠片」，就是在布料或毛衣上釘上反光珠片及銀線，但這工作需要針線技巧，不是人人合適。

　　教育還未普及，中五會考五科合格已是非常好的資格，可進入大公司工作，月薪二百元。

　　1965 年出現銀行擠提。小型銀行明德銀號因對地產放款過度，首先發生問題，很快便倒閉。事件引起公眾對華資銀行的信心恐慌，存戶人心惶惶，紛紛提款，結果恆生銀行吃不消，賣了 51% 給匯豐，才站得住。廣東信託銀行則被迫結業，存款被凍結。但幾年後清盤完結時，發現廣東信託銀行

償還了存戶所有存款後，還有剩餘給股東。由此可見凡事皆需要信心，若失了信心，好銀行亦會成為破屋。

1967 年國內的文化大革命進行得如火如荼，香港的左派人士及工會發動暴亂，四處放真假土製炸彈，企圖推倒港英政府，港府實施宵禁。但北京並不想收回香港，因香港是當時中國對外的窗口。數月後暴亂平息，政府亦因此立法禁止市民藏有煙花炮竹。

1967 年暴亂時巴士司機罷駛，非法的九座位小巴應運而生。因有實際需要，1969 年政府將小巴合法化，並增為 14 座位。

連接九龍塘及沙田的獅子山隧道在 1967 年啟用，為香港最早通車的行車隧道。

現在香港的足球水準只是一般，但在五、六十年代，香港曾經是亞洲足球王國，當時台灣以中華民國名義參加亞運，足球是由香港南華會直接代表出賽。

柴油火車

「噹！噹！」尖沙咀火車站的大鐘響徹整區，示意火車將在五分鐘後開出，我在天星小輪上的跳板前，心急如焚看著跳板慢慢放下。已顧不及秩序禮儀，第一個衝出，跑下碼頭的梯級走廊，直奔火車站，稽查正在關閘，這次我趕上了，否則便要在車站呆等一小時。

柴油火車啟動很慢，由梳士巴利道開車，要到加士居道才達全速。但行走平穩，比乘巴士在新界半山的羊腸馬路轉來轉去舒服得多。車廂分三種等級：頭等是包廂，二等是皮具單座，大眾坐的三等是背倚可以反前反後的長凳。還有在車頭有一小貨卡是沒有座位的，那是方便新界人挑些農作物運出九龍。

車上的特許小販開始活動，有賣荸薺麵根的、賣雲片糕的、賣杏仁餅的、賣煙的，他們揹著貨品，從車頭到車尾邊喊邊走，平添熱鬧。

火車經旺角站很快便進入獅子山隧道，大家要關上窗子，避免油煙臭味。但關窗是吃力及需要技巧的，往往難倒一些女士或長者，這時坐在旁邊的男士便要顯出紳士風度，幫忙抽起釘有皮帶的整個玻璃窗，將它平移少許放在窗架上。

沙田站與其它新界車站一樣，都是開放式月台，乘客下車後便魚貫經閘口交票出站，間有無票的，便從站頭站尾溜

出去。中學時期，我亦常用這方法到馬料水海灘游泳。原因是學生月票只限兩站上落——粉嶺及旺角，我和健邦常在下課回家途中，在馬料水偷偷下車，沙灘就在車頭附近，玩大半小時，又偷偷從車頭上下一班車回家，省時兼不需費用。

在大埔與粉嶺中間的和合石，有個鐵路與公路的平交點，有專人看守，適時在公路落閘停止汽車，讓火車無阻通過。但在五十年代我在大埔唸小學時，曾在平交點發生意外，當時一輛英軍坦克，正沿一條軍用小路在九龍坑橫過路軌，這軍路無人看守，駕坦克者不知新用的柴油火車比以前的燒煤火車快得多，估計錯誤企圖先過，但停在路軌上，火車司機遠遠已看見坦克，但停不及撞個正著，車頭爬過坦克，頭兩卡騎在坦克上。僥倖那天是假期，不用上課，否則我和住在粉嶺及上水的同學都可能遭殃。

由於鐵路只可單行，南行與北行的列車只可在站內相遇，加上由內地駛來的載貨列車不用停站，客車只可約一小時一班。最討厭的是運豬車，它經過時整個月台都臭氣熏天，乘客紛紛掩鼻。因尾班車是晚上九時半，與新界人有關的婚禮飲宴，都會設一兩桌「頭圍」，讓新界人早吃完趕尾班車回家。

柴油火車服務了香港二十多年，至八十年代初才被電氣化列車取代，當年的火車頭、車廂及一些鐵路文物，現保存在大埔火車博物館裡，供人參觀懷舊。

單車軼事

當我正失意地推著租來的單車回「明星單車店」，看見一個年齡相若的小孩愉快地踩著單車，心裡對自己說：「他能夠，我亦可以！」於是掏出最後一角利是錢，續租半小時，果然這次我學會了。

大哥中學畢業後考進了九廣鐵路，買了一輛「三劍牌」輕型單車代步，方便去一公里半外的火車站，後來他住在宿舍，便把單車交給我保管，那時我 15 歲，已夠高踩大人車。我成為「有車階級」後，活動便豐富了很多，每天黃昏我都騎著單車四處遊蕩，一面踩一面回想當天的事情，哪些做得好，哪些做錯了。這是父親傳給我的做人道理——「律己嚴，待人寬，居處恭、執事敬。」

「馬屎埔」是粉嶺的「菜園」，一條一米寬的水泥小徑，迂迴地由聯和墟穿過百多塊菜田至山邊的梧桐河，我喜歡在這裡騎單車看田園的生態。有些菜田的田畦間小溝養著水，農夫一邊走一邊用舀子把水澆上菜畦，驚嚇了青蛙。瓜田上搭有竹架，節瓜、絲瓜都開著黃色的花；有些花已凋謝了，長出茁壯的瓜兒。一個農夫吃力地踏著水車，將水從一塊田引到較高的另一塊裡。烈日下兩個村婦戴著闊邊帶垂簾的圍村涼帽，蹲在田裡清除雜草。我對她們的工作特別尊重，因

母親幾年前亦幹這活幫補家計。黑泥水溝旁，長著幾株美人蕉，一個漢子用幼紗網過濾黑泥，淘出泥中紅色的沙蟲，準備賣給金魚店作為金魚的飼料。小徑的盡頭是梧桐河，河上浮著一大片紫花水葫蘆，十分悅目。

在「馬屎埔」小徑騎單車會碰到各級的技術考驗，初級試是超越行人，我只需響下鈴，減慢一點便過了。中級試是與迎面而來的單車相遇，車速要減到很慢，小心翼翼地過，心裡還總是怕掉落田裡。高級試是遇上挑著兩籮菜的農夫，我技術還未到家，只有停下讓路。

我個子瘦小，斯文好學，算是乖孩子一類，不知何解結識了失學的「飛仔頭」舒亞文，成為好友。他高大健碩，有次他與人打架，以一敵二仍遊刃有餘，事後有黑社會看中他，邀他入會，幸虧他婉拒了。他有一輛「跑車」——耷頭、有波、窄呔，惹人羨慕。我倆常騎單車四處遊玩，有次到上水巴士總站涼茶舖，正在喝冰凍的菊花茶及點唱，一個紅衣男子進來一會便走了，亞文嚴肅地在我耳邊說：「我們要立即離開，剛才那人以前被我打過，現在他定是去找幫手報仇！」我們立即上車飛馳回粉嶺。以後，我在上水見到凡是穿紅色 T 恤的都避之則吉。

那次我與亞文比賽單車，從聯和墟街市到上水巴士總站，約好可以在「十字路」迴旋處走逆線。我瘦小靈敏，起步佔了先機，便拼命地踩，也顧不得路上的汽車，一口氣領先衝到終點。我竟然能戰勝魁梧又踩跑車的亞文，真料不到。

姑母住在上水菜園村，她的寮屋有個大園子，種有多株番石榴和各類蔬菜。我常踩單車去探望她。石榴成熟時，更可順便摘些回家，但成熟豐滿的石榴往往在樹枝尖，我爬樹不靈巧，摘每個石榴都是挑戰。因單車沒有尾坐架，回程時車頭一邊掛著一袋石榴，另一邊掛著一大紮菜，上雞嶺火車橋斜坡時十分吃力。

　　姑母的園裡有個小棚，我在棚門前放些白米作餌，自己躲在黑暗的半掩門後，拿著椏叉彈子作好準備，當麻雀來啄米時，近距離發彈子很容易便打中。當我拿著受傷的麻雀跑去向姑母報喜時，心裡有點不安，但不知為什麼。後來我明白了，我又不是把牠從樹上打下來，而是躲在門後又用米餌，太佔牠便宜，算不得英雄好漢。

　　新界的公路雖然不太繁忙，但在路上騎單車被汽車超越時，相距只有呎許，感覺上是有些危險，我與煥仔踩去大埔淡水湖算是大膽的嘗試。去程時心念著釣魚的樂趣，踏個多小時並不費力，但在烈日下曝曬兩小時後，回程便覺艱難，我們不得不認輸，在大埔乘火車回家。

　　廣源酒莊的阿茂經常騎重型單車送貨，他的單車技術了得，可以在單車自由滑行時，爬上並站立在座椅上。我受他的影響亦學會放開雙手，用身體的重心來控制單車轉彎，充滿自信。有次我正騎車回家，天快下大雨，我以最快的速度踩，接近一處要下坡及90度轉彎時，我並不收慢，準備在轉彎前幾碼大力剎掣減速，誰知聽到「啪」的一聲，左手掣軟

下來，我知是左掣的鋼繩斷了！右掣已壞了很久沒有修理，單車便直衝向前撞在牆上，當我從地上爬起來時，雙手疼痛難忍，還好沒有骨折，算是好好的上了一課！

　　粉嶺火車站離聯和墟較遠，在黃昏時段，每班從九龍來的車到站時，都有十多個單車伕圍在出口等候，有錢的人和高貴的小姐會乘單車離開，車費三角。亦有些男士用單車接他們的女友，當她們從人群中走出來上單車時，都掩不住心中的驕傲——「有男士追求我」。車站出口附近有塊空地及一株大石栗樹，自駕的單車都會停在那裡，我這天亦不例外，但當我回程時在空地找不到車，心中惶恐萬分！怎麼會被人偷去？我怎麼向大哥交待？但偌大部單車失了就是失了，只好垂頭喪氣走回家。回到家時卻見單車停在門前，大哥走出來笑嘻嘻地說：「我有另一把鎖匙，見單車在車站便騎回來了，跟你開個玩笑。」我見單車失而復得，又怎會怪大哥呢！

　　四弟漸漸長高，亦愛騎單車，起初他不能騎在座位上，只側身站在腳踏上踩，後來他學會了正規的騎姿，我亦入了大學住在宿舍，便將單車交給他，想來他亦會有不少屬於他的單車故事。

在洗衣店的日子

1960 年進入伊利沙伯中學後，我便住在油麻地寧波街的洗衣店，那是父親與張世伯合資經營的，但世伯從不過問業務，只有張太在櫃面幫忙。父親、二哥、世兄國根及我和多個夥計，都住在店內。

洗衣店門口左右是兩個玻璃窗櫥，舖面有兩個玻璃櫃檯放成「L」形，張太在櫃檯後開單，旁邊是父親的辦公桌。舖面還放有梳化及茶几接待客人，這亦是我做功課的地方。二進是熨房，有七八個熨工，拿著燒紅的實鐵熨斗，匆忙地熨著漿過的恤衫。三進是天井洗房，有「哥士的」浸缸，洗床及去水機。四進是焗房，中央燒著煤爐，爐的四面鐵壁已燒至通紅，壁上掛著八個正在加熱的熨斗。焗房內熱不可耐，掛滿的衣裳很快便會被焗乾。五進是廚房，六進還有另一個天井洗房。不知當時的建築師是怎樣想法，整間店舖竟然沒有廁所，大家要用公廁！

洗恤衫每件四角，西褲一元。有次父親帶我送衣服到美麗華酒店，收費五元，但收貨那印度人卻要一張七元的收據，小小的我便認識到社會上有很多不誠實的人。

熨房的第一張熨床是師傅的，他月薪八十元，其他熨工大多數是他帶來的。有幾個在店舖留宿，和我們兄弟一樣，在熨床上摺角放兩塊一呎闊床板便是每人的床。「澤叔」以

前是當兵的，和我們玩「射橡筋」時勇猛無懼，以一敵三仍佔上風。「阿昌」斯文俊俏，受人歡迎，但他與我賭「十三張」時，竟然連續兩盤出現「四條」，後來我特別留意他洗牌派牌，揭穿他把四條「A」放在牌疊底，派給自己！

人多留宿時我便要睡在門口窗櫺頂的小閣樓，要用竹梯才能爬上去，那裡空間非常有限，一不小心便頭撞天花，又有熟睡時從高處墮下的危險。後來父親在天井洗房搭建了一個可睡覺的鐵皮閣仔，十分安全，但在寒冬時，便有如睡在冰箱裡。

「伙頭」白姐負責買餸煮飯，夥計一桌，舖面一桌，但同樣是兩餸一清湯、餸菜不足及味道普通，父親在我們面前取笑她為「新澤西」，這是當年訪港的美國航空母艦，因「食水深入不了（港）口」。初二及十六是店舖「做禡」，晚飯會加添餸菜，名為祭祀財神，實是讓夥計大吃一頓，提高士氣。

白姐每晚九時半要收舖，為玻璃櫥窗裝上八塊大木板及兩扇門，但若她有牌局要早退，便給我五分錢叫我幫忙，我只是個有名無實的「太子爺」，很樂意用勞力換取這五分錢。我很嚿嘴，間中晚上餓時便到廟街以一角錢買碗有雞有肉的粥，哪怕這是酒家晚宴的剩餘餸菜。

我最喜歡的店舖工作是清理那些幾年亦沒人提取的衣裳，雖然大部分都是破舊的，但在當年的貧乏環境下，能撿到一條合穿的西褲，便如獲至寶了。間有人到店舖來假借借

用電話，向聽筒說幾句生硬英語，然後對父親說他要見洋人，剛巧沒有乾淨白恤衫。父親也不揭穿他是專帶水兵去娛樂的「帶水」，便找了一件長期沒人領的恤衫給他。

舖面安裝了「麗的呼聲」，「鄧寄塵」的一人扮演八人聲的滑稽故事最受大眾歡迎。金庸正在發行著名的武俠小說《神鵰俠侶》，每週出版一小冊，世兄、二哥和我合資購買，每週輪流誰先看，我們三人的關係雖然很好，但有次竟為這小事發生爭執，驚動了父親，正是「相見好，同住難」。

店舖左鄰是酒吧，很多洋人水兵光顧，所以經常有人力車等候，有次這古老的交通工具幫了我一個大忙。放學後在校內踢膠波仔時，我已覺得右邊大腿有些痛，回到店舖沒有告訴父親，坐在熨床邊做功課，但只過了一刻鐘，便覺痛楚加劇，竟然站不起來，更不要說走路了，我心裡很害怕。父親馬上叫來一輛人力車，送我到佐敦道的跌打師傅處。他檢查後對父親說：「你看他右腳長，左腳短，是右邊大脾骨脫了骹！」說罷他屈起我的右膝，用他身體的重量用力向膝蓋一按，真神奇，我竟可以步行回家！

不知是否洗衣機開始面世，或是衣衫的材料進步了，不用漿熨，或是其他原因，到 1963 年洗衣店的生意一落千丈。又遇上香港水荒制水，經營更困難。碰巧這時業主要收樓發展，父親便結束了洗衣店，我和二哥便搬回粉嶺的家，開始新的生活。

制水的日子

六十年代中期，香港人口已達三百五十萬，彈丸之地，水源不足。1963 年初，天旱少雨，水塘一個個逐漸乾涸，政府被迫實施嚴厲的制水措施，到六月，制水升級至每四天只供水四小時，市民生活大受影響。

我是住在寮屋，沒有自來水供應，幾百戶人家只有兩條街喉，大家便拿盡水桶水盤去排隊，一家人每四天才輪得幾桶水。這珍貴的水喉水我們留著只拿來飲用，洗衫沖涼的水是從相熟農夫的水井打回來的。

多層樓宇雖裝有水喉，但因在供水時段，大家都同時開水，樓下近水樓台先得月，樓上便因水壓不足而無水。因此，樓上住客便探頭出窗外，擘開喉嚨，大聲呼喚樓下的住戶：「樓下閂水喉！」那時的香港，「樓下閂水喉！」之聲，此起彼落，不絕於耳，成為潮語。

政府採取多項節水措施，包括關閉公共球場的浴室及公共游泳池，停止向外來船艦提供食水，醫院暫緩慢性疾病外科手術等等。開源辦法有開「科學井」，及以運油船從珠江口取河水。亦有慷慨的大船贈送食水給香港，真是涓滴得來不易。

學校免除學生穿白色校服,有些學校取消體育課;酒樓限制茶客沖茶次數,市民改為多食罐頭,使用紙碟;漁農業受到嚴重打擊,農地和魚塘乾涸;缺水引起各種衛生問題,並且出現了百多宗霍亂。

我家受制水影響特別大,父親的洗衣店生意一落千丈,由高峰時十多個夥計減縮至四個,最後還是要結業。但有一位世叔卻因制水而得益,因市民搶購水桶,他做的電鍍鋅廠便生意興隆,使他脫貧成為小康,可以由劏房搬入自己的房屋。

制水措施維持了一年多,至 1964 年 6 月雨季來臨才全部撤銷。後來得廣東省政府配合,東江水供港工程於 1965 年 3 月完成,香港才根治了水源問題。

西貢露營

韓敦校長崇尚活動學習，在六零年代已為伊利沙伯中學在西貢山野建立了一個營地，讓學生體會戶外群體生活。

去西貢營可不容易。先乘車到九龍城碼頭，再搭巴士到西貢，轉鄉村巴士到大網仔，還要走一小時才到達。因為遠離市鎮，一切柴米餸菜都要自備攜帶。煮飯洗碗，挑水搭營等等，亦是大家分工。

我喜歡做吃力的挑水工作。拿著鋅鐵桶，到幾百米外的斬竹灣村水井取水。打井水需要技巧，因當帶繩的小桶垂到水面時，它只浮在水面，盛不到水。你需要抽起繩子，猛力揮動，像「梅超風」揮舞「白蟒鞭」一樣，水桶才會翻筋斗倒插入水，如果時間和力度配合得宜，便可把小桶盛得滿滿的。扯上來，倒入帶來的大桶，重複三四次，把大桶盛滿後，便咬緊牙根挑回營地。但在回營之前，我會偷一會兒空，爬上井旁的桑樹，摘吃紫黑色熟透的桑子，甜甜的又帶點酸，令人精神爽利。

吃飯是一場鬥智鬥力的玩意。因所有食物都要攜帶來，及那年代的節儉風氣，每餐的飯餸都是不夠吃；餸不夠倒也罷了，飯不夠便要捱餓，怎樣才可以吃到三碗飯呢？高佬「波叔」教我絕招──「一半二滿三撳實」。伊利沙伯學生都是守禮的，尤其在女同學面前，男同學會更顯得君子，等齊全

部三十多人才開始吃飯。「波叔」和我因只盛了半碗飯，很快便吃完，添飯時不用費時排隊，裝滿第二碗繼續吃。這時同學們陸續吃完第一碗，在飯煲前排隊等添飯。當我們吃完第二碗飯又去添飯時，剛好又避開人龍；這次我們便用飯殼撳實米飯，並裝得滿滿，好整以暇地吃得飽飽。

　　營地靠近海邊，海灣是一個爛石灘，有個用大石堆成的簡陋碼頭，走出去每步要看準落腳點。在碼頭尾深水處可以游泳，但要小心海底長滿蠔殼的石頭。我和阿龍等在深水的地方嬉水，見四眼仔、貓仔和謙謙三人竟向海中心游去，過一會連人影都不見了！年輕人真是信心十足，無所畏懼！原來他們是游去一個很遠的小島。過了差不多一小時，只見三條人魚並排以優美的自由式游回碼頭，他們的泳術使人艷羨！

西貢營地 1964

營屋

　　黃昏的營火會是露營的明珠。在離營屋不遠的一塊草地上，我們用撿來的石塊砌成一個大爐，鋪上鐵絲網，放上大量的碳及枯樹枝，在爐底點著舊報紙作為火引，燃起枯枝，炭塊便慢慢地炙熱起來。枯枝要不停地加。沒多久，炭塊的邊緣開始呈現灰紅色，我們便向爐底撥風，大家避開揚起的灰燼，輪流用力撥。當檸檬黃色的炭火出現時，心底一陣快慰，不久，火爐便升起烘烘大火，站在當風位置的同學都被熱火迫退兩步。這時，童軍隊長「鳳姐」帶領大家齊唱營火歌：

Campfire's burning, campfire's burning;
Draw nearer, draw nearer;
In the glooming, in the glooming;
Let's sing and be merry.

歌調一節高於一節，使人振奮。

下來便是營火會的戲肉——燒烤。豬扒、牛扒、雞翼、香腸、粟米、番薯等等在少年時都是極美味的食物，「波叔」那搶食絕招在這裡用不著，因燒烤要耐性，貪快燒焦了便弄巧反拙。大夥兒圍著爐火，蹲下耐心地烤，肉香使人垂涎；烤得半熟時，上蜜糖再烤一會，當我咬著辛勞烤好的雞翼時，真是滋味無窮。有些大方的同學，更會與沒得烤的同學分享成果。邊烤邊吃邊談，兩小時很快便過去，話題已談得差不多了，坐在我旁邊那斯文英俊的「上海佬」，有意無意地向身邊的女同學「玉蓮」輕輕地說：「我覺得你很成熟。」她羞得滿面通紅，不曉回話，或許芳心在暗喜。其實「上海佬」咬字不清，他的意思只是說她「誠實」。

後來我和幾個同學跟隨「簡水」觀星。當年西貢野外漆黑一片，這晚天氣清而月又新，舉頭上望，繁星點點，數之不盡，「簡水」教我們向北望，在接近地平線的天空，果然找到一組七粒星，形成斗狀，四粒為斗身，三粒為斗柄；七星光暗不一，最亮的是在斗柄末端，那就是北極星，以後我曉得在黑夜辨認方向了！

「搶軍旗」亦是晚上的玩意，十來個男孩子分為兩隊，各佔半個小山頭；每隊插一樹枝在自己後方，象徵「軍旗」，用重兵把守，遊戲的目標是將對方的軍旗搶回自己陣地。入了敵方陣地若給敵人用手觸碰，便成了俘虜，立在那裡不能動，待己方人員來救援。我與肥文負責搶旗，在黑夜裡，在

樹木及大石的遮掩下，我們潛入敵方陣地數次，都被發現，但逃走得快沒被俘擄。其實黑夜裡在山頭奔跑是相當危險的，少年時卻顧不了這許多。雙方攻守了幾個回合，未分勝負，我和肥文便定出「犧牲小我，成全大我」戰略。我們齊喊聲：「衝！」便一起明目張膽從中路衝過去，遇敵人時便像美式足球的方式閃避；快到軍旗了，敵方的防守更密，我繼續閃左閃右向前，終於被他們拿下。就在這時，肥文已找到空隙搶到軍旗，跑回陣地宣告勝利。這玩意雖然是遊戲，卻能令我們體會到團體精神。

營地只有兩間小屋，一間是用作廚房、梳洗和儲物，另一間是一個大廳，吃喝玩睡都在那裡。這次參加露營的人太多，大廳放不下這麼多帆布床，於是我和麥仔等四人在屋外搭營帳，如假包換的露營。大家差不多要睡了，忽聽到營帳口有人叫我的名字，很甜很熟悉的聲音，是我心目中的女神「月兒」在呼喚我！我心跳加速，她說明天一大清早一同去整蠱老師「鎚仔」。還有別的意思嗎？害得我整晚在胡思亂想。

西貢露營的玩意還有很多很多，爬山、唱歌、下棋、橋牌、彈結他、土風舞，數不勝數。回想這兩天我們得到的快樂及人生磨練，不禁對我們的韓敦校長更生一重敬意。

摯友

中學時期，上學真有趣味。功課不多，課外活動卻忙得不可開交。三時一刻已下課，但總要在學校流連一兩小時才回家。剛巧我和他都是住在油麻地，在同一站乘車，中學三年級時，我們便成為好朋友。

他個子不高不矮，但體格結實，在足球場上更有大將風範，凡球到他腳下球隊便能活起來。我雖比他稍高，但體力卻差一大截，在大草地球場上我起不了什麼作用。但和他一起踢「膠波仔」就不同了，二人對二人，他做後防，穩如泰山，長傳給我準確到位；我利用擅長的靈活走位，只要趕快在敵方門前加上一腳，便能建樹。他為人有如踢球，作風硬朗，與我的文弱性格恰成強烈對照，有他為摯友我不怕被人欺負。

有一次，他在比賽中摔倒，左臂骨折，出院後還要打上兩個月石膏，這兩個月我覺得好像我的左手亦受了傷。他還不時在籃球場上單手搶球射籃，我真替他擔心。

大考過後，嚴肅的班主任蘇老師捧著四十多本成績表走進課室，一本疊一本攤開了放在老師桌上。他因為經常在堂上嬉戲，被蘇老師調到最靠近老師桌的座位。這時，老師還未宣佈第一名是誰，頑皮的他已半站起來，彎前身，先睹一睹誰是第一名。老師瞪了他一眼，隨即向全班大聲宣告：「第一名——麥兆明」。全班拍掌，以羨慕的眼光看著兆明走上

前領成績表。當被拿走了第一本成績表時，他又彎前看看誰是第二名。第二本剛拿走，他又再去看第三本。忽然，他激烈地拍掌，只他一個人在拍，因老師還未宣佈第三名是誰，全班同學就只聽著他拼命地拍掌。我立即閃過幾個念頭：

「他為什麼這樣興奮，不會是我吧？」

「不可能是我！我上學期考近榜末，兩科不及格，怎會是我？別發白日夢！」

「他為什麼這樣興奮，只有是我他才會這樣，別的人怎能令他這樣激動呢！」

老師兩眼睜圓，狠狠的盯著他，然後，無奈地宣佈：「第三名──林允中。」

果然是我！考入三甲當然高興，但我心裡暖烘烘的，是因為我倆的互相了解和默契。

越野賽跑

　　不愛被管束是少年的天性，是人成長過程的特色，也讓人通過跌倒去領悟人生。中學三年級時越野賽跑的一幕，真令我畢生難忘。

　　伊利沙伯中學盛行課外活動，讓學生體驗書本外的事物。我愛好運動，但個子瘦小，足球及籃球這些身體接觸運動便沒我份兒。也不知什麼原因，便加入了越野賽跑會。我小學時曾患肺癆，停學了兩個月，治癒後左肺尖已被鈣化，肺氣量比別人少。知父親不會同意我參加這樣劇烈的運動，當然不讓他知道，每次課餘練習只虛託是在校內踢小型塑膠球。

　　越野賽跑會由一位體育老師掛名帶領，十多個會員大部分都是來自高班的，每週一次到九龍塘練習。我們從三角花園起步，沿窩打老道跑上龍翔道，上山後沿龍翔道跑約一里，便掉頭跑回三角花園。記起有次跑經真光女子中學時，正轉入一條窄巷，迎頭遇上一大隊穿著整齊藍色長衫的女孩子排列在巷裡。我們齊聲嘩然！因為只穿著汗衣，不敢在這麼多女孩子的身邊走過，竟急忙掉頭逃跑，男兒漢竟然這樣害羞！

　　快到比賽日了，老師向我們分析形勢和戰略。比賽分甲、乙兩組，甲組跑 2.5 英里，乙組 2 英里，每隊六人，以前四名的名次總和算成績。他強調說：「每組所有跑手同時起步，起步後不久自然會形成三群人，即前、中、後，你們起步時

要盡力搶入前群！守在那裡，到末段便衝刺爭取好名次。」

我自幼服從權威、相信老師，他的訓言我謹記了。

到比賽日，赤柱聖士提反男校大門前排列著二百多名健兒，磨拳擦掌，氣氛鼎沸。槍聲一響，健兒們蜂擁而出，搶入一條長直馬路。我遵從指令，力爭在前。但旁邊的人實在太快，我要出盡全力，像短跑衝刺一樣，才能留在「前群」，這樣的跑法與我們平日練習完全不同，我很快便累了。隨後便跑上山頭，山徑石塊滿地，凹凸不平，比我們練習時跑馬路要難得多，真要命！但我不能放棄，只好咬實牙根去跑。兩條腿實在沒有力了，呼吸亦覺困難，速度便慢下來，漸漸被別的跑手超越。捱了不知多久，估計終點已近，可歇息了，誰知這時賽道轉入赤柱後灘，鬆軟的沙更難著力，每一步著地就好像被鬆沙吸去你的力量，使下一步更難提起。

終於跑回到聖士提反運動場，入閘時我拿到一張 56 號的票，交給裁判計隊分。我找到幾個已抵埗的高班同學，對他們說我累死了。我咳了兩聲，吐出喉嚨的口水，嚇！紅色的！是肺部的血！我竟然跑到吐血，再跑多一點便可能一命嗚呼了！有個同學是懂救生的，他叫我躺下，執著我雙手有規律地做開合的動作，替我做人工呼吸。

回到油麻地的店舖家後，當然不敢跟父親說，其實那時我嚴重虛脫，腳步飄浮，連發聲也沒有氣力！很多年後我才知道，運動過量致肺出血是很嚴重的情況，可能危及性命。我的不自量力，及那位老師的紙上談兵戰略，給了我一個深刻的教訓。

課外活動

　　伊利沙伯中學重視課外活動，學校鼓勵同學成立興趣會，以增廣知識，培育技藝及增加學校生活的趣味。露營及越野賽跑上文已提及，我在這裡分享我其他的體驗。

伊利沙伯（中七）1967

拯溺

　　拯溺會有二十來個會員，每年都開辦拯溺訓練班，由資深會員帶領新人學習，內容有救生常識、校內操練和海灘操練。原來拯溺第一招是假設自己被遇溺者攬抱時，千萬不要與他角力，應用「夾鼻」及「推下頜」招式，他定會鬆手救鼻，便被你推開。考「銅章」（Bronze Medallion）是在北角鐘聲

泳棚，除了演練拯溺招式，考員還需要在指定時間內，脫去鞋衫，潛入水底，把磚頭拿上來。輪到我考時，我沒有注意考官拋磚的落點，在水底找不到磚頭，上水後得同學提示，急忙再潛下，這次成功了，僥倖拿到銅章，沒有浪費多月來的操練。

暑假時，我們被派到各泳灘當義務救生員，在沙灘上穿著印有「QES Honorary Life Guard」的短身 T 恤，多麼帥氣！

第二年我報考了「十字章」（Bronze Cross），其中一考驗是從十呎高的跳板跳下水，當我站上跳板時，感覺到高落差的威脅，老實說，若不是見人人都跳下，自己是不敢跳的。後來我開始做教練教新會員，教得四名弟子考得銅章後，我便拿到了「教練章」（Instructor Certificate）。

我們亦參加了在淺水灣舉行的元旦拯溺馬拉松，二人一組，一人扮作被救，不准游動，另一人要將他推至四百米外的中間島，回程掉換。我的拍檔泳術不太好，推我時顯得很吃力，結果是我推了他大半路程。

口琴

口琴會會員不多，只十來個，但聘得一外來熱心老師，義務教導。我買了個最常用的國光牌 C 調口琴，開始學習。原來「吹口琴」不僅限於吹氣發音，有一半的音階是在吸氣時才會響亮，因為音孔很小，嘴唇難以準確放在孔上，故在口琴設計上，「d、m、s、d」等音階是用「吹」，「r、f、l、 t」是用「吸」，這樣一來，發音便能較準確清晰，吹者亦容易調勻呼吸，不會喘氣。口琴音色清脆嘹亮，音量大，具有很強的穿透力，亦容易隨身攜帶，處處可用。

經過數月的基礎練習，導師集中訓練我們兩首名曲——《漁光曲》及《杜鵑圓舞曲》，到學期尾有一天，我們便上台在學校禮堂演奏，導師親自指揮。第一首《漁光曲》我們吹得還可以，但第二首《杜鵑圓舞曲》調子很快，音階上落又大，開始後沒多久我便跟不上，只有停吹，但我又聽不清大夥兒吹到哪裡，看來亦有些同伴吹亂了。我站在後排裝著個吹的樣子，名副其實的濫竽充數。演奏完成後，見導師鞠躬下台，沒說話便自己走了，想來是我們令他太失望。

我非常感激導師的教導，讓我學會一技藝，我現在還有間中拿出口琴，吹簡單的曲譜，享受其樂。

橋牌

數學老師「鎚仔」年輕有活力，曾嘗試引進「新數」教學，雖不成功，但卻成功把「橋牌」引入伊利沙伯中學。

橋牌是一種相當複雜的紙牌遊戲，比象棋和圍棋都難得多，因除了個人叫牌、打牌技巧外，還涉及夥伴間的溝通，而這溝通是非語言的，只可用叫牌的有限選擇和出牌的次序表達，容易產生誤會。在橋牌桌上常見在完成一局後，兩夥伴互相指出對方的問題。

日昇，惠能，允怡和我最先得「鎚仔」教導。因學校不准玩紙牌，我們便經常到惠能家打牌，並固定夥伴以促進默契。間中我們在學校三樓一個死角或禮堂後台偷打，但有次被校長發現，沒收了紙牌，還幸他知道我們不是在賭錢，沒有處罰。

　　有次到天經家在他的私人房間玩牌，他說不要大聲說話，大家便安靜地玩了兩小時，在我們離開時，他爸爸對我們說：「得閒要多些來一起溫習。」我們都在竊笑，原來大膽天經是這樣騙他爸爸的！

　　後來我們成立了橋牌會，很多同學加入，橋牌便在伊中長了根基。在安排首年度的四人隊際賽時，年年考第一的日昇對我們說：「他們只是初學者，水準差我們很遠，拿這冠軍沒有意思，還是不參加好，讓他們可以競爭。」尖子的思想的確與我們不同！

　　我們亦經常參加拔萃及華仁舉辦的友誼賽，但比賽的氣氛比較嚴肅緊張，與自己人玩牌時的說說笑笑有很大分別。在聖約瑟中學舉行的校際橋牌邀請賽，我們竟奪得錦標，為學校爭得了光。

　　橋牌自此成為我的心愛玩意，從未間斷，現在更是我每晚在家中的網上遊戲。

於大亞灣橋牌比賽 2011

參觀警察局

中四那年，學校安排了我們三次參觀有趣的警察部門。

警犬訓練場在元朗八鄉，演示的警犬有兩種，Alsatian（俗稱狼狗）是來自德國的牧羊犬，黃黑色的毛，身形高大健碩。Dobermann 是全黑色的，身形亦不小，但較為纖巧靈敏，牠們從小便被剪短尾巴，避免將來尾巴損傷失去平衡。警官一邊講解，訓練員一邊演示警犬的靈敏、服從性和怎樣捉賊。

參觀粉嶺機動部隊那天，正好美國甘迺迪總統被刺殺，不同報紙的實力便立分高下，大報如星島、華僑，都在頭版報導，小報則不知事情發生。機動部隊的主要任務是防止暴亂，他們演示了用催淚彈驅散人群，我問那位講解的洋警官，

吸入毒氣（poisonous gas）有什麼後果，他糾正了我的用詞，說這只是刺激氣體（irritating gas），不是毒氣。

馬草壟山是在羅湖的西面，中港邊界的深圳河繞山而過，馬草壟山頂是監察偷渡的最好地點，因此設了一個警站。我們徒步上山，見深圳一大片平地都是魚塘及菜田，甚少房舍。警官講解守邊境的任務及「穿山甲」的調配，我提問時又學了新知識。我問：「How many officers are here?」他有點詫異地回答：「I am the only officer here! The others are rank and files.」原來我的用詞不準確，將「警官」與「警員」混淆了。

五十多年前的學習，現在記憶猶深，可見課外活動對學習的重要。

參觀粉嶺機動部隊 1963

大學生活

考入香港大學那年，利馬竇堂剛好重建完成，有 120 間
單人房，康樂設施齊備，是我的當然選擇。大學宿舍有「玩
新生」傳統，即舊生（senior 大仙）可給新生（greenhorn）
任何指令，新生必須服從，例如唱歌、做跑腿等。有位鄭大
仙，命我到工程學樓大門前摘一束槐花，送給在隔鄰何東女
子宿舍的女朋友，我視之為聖旨，還光明正大地去摘花送花，
僥倖沒被保安員看見！

新生要在兩週內記熟所有大仙的履歷，拿齊簽名，才可
「升仙」。據了解，「玩新生」這傳統有其正面意義，因在

利馬竇堂 1967

從前，考入香港唯一的大學是件了不起的事，容易使人趾高氣揚，「玩新生」是要挫一挫這驕氣。因為我們這屆新生特別多，大仙們認為兩週不足夠大家互相認識，便把玩弄期延長至四週，使我缺席很多課堂，影響了學業。

「升仙」未久，我竟然患上膽結石，要在瑪麗醫院切除膽囊，學業又再荒廢了三週。及至我回復正常生活，上課時已不能明白講師在說什麼。大學的教學方法是沒有課本，不派講義，上堂只是抄黑板；有錢的同學便去買講師建議的參考書，醒目的便急忙到大學圖書館借閱。我兩樣都不是，更兼常常走堂，只有向同學借講義來抄，幸好同學中有位「蘇助教」亦是住在利馬寶堂，我抄完他的講義若不明白，還可向他請教，我永遠不會忘記他給我的巨大幫助。

明星李司琪頒獎

我讀書從來很有自律，絕少曠課或不交功課，因我是個守規距的人。但大學生有完全的自由，沒人理會你上不上堂，做不做功課。於是，我便墮入太自由的陷阱，荒廢了學業。及至大考期近，我開始害怕，身為家族中為人羡慕的讀書尖子，若是留班，哪還有面目見父母鄉親？我從大仙中得知，考試前的兩星期千萬別缺課，因講師往往在此時透露考題。果然，好幾個講師為避免學生成績差，令他們失面子，便提點我們溫習的重點。最離譜的是教水力學的「水龍王」，他一話不說，就在黑板上計了幾條算題。當我在試場拿到試卷一看時，不禁為之愕然，不只問題是一樣，連實字數據亦一字不變！

　　大學亦有好老師，金教授及細路梁就是拿心來教學，當他們見我們不明白時，會用心再次解釋，關心之情見於面又聞於聲。

　　暑期來了，我們工程系同學便到各企業實習，前人教了練精學懶的方法，最好到電子工廠，有冷氣，車馬費又高；千萬別揀升降機企業，因地盤的環境惡劣，又要爬樓梯。於是我便在 Fairchild Semiconductors 半導體廠虛度了三個月，除了和幾個工廠妹開心旅行外，什麼東西也沒有學到。

　　第二年我已是大仙，但我不喜歡作弄新人，只一次命一新生到藥房替我買「鹹竹蜂」醫喉嚨痛，及另一次叫許冠傑唱那首流行曲「The Sound of Silence」。

宿舍生活太多姿多彩了！每人有自己的房間，溫習之餘，三兩知己可秉燭夜談。又或到電視室、桌球室、乒乓球室、網球場等地方玩耍。我喜歡打桌球，大概是因為我的技術較好，而與人比賽時開出的盤口總是對自己有利，竟賺了一個「雞王」的不雅花名。

三餐是在大禮堂，憑飯票每人可叫一味菜，一桌十人共用；因餸菜總是不足，而利馬竇生（Riccian）喜以君子自居，吃飯便需要快而不搶；印度人阿昇起初守著不吃牛肉的教條，但因廚房最受歡迎的菜是「乾炒牛肉」，他為著肚皮不得不把教條放在一旁。舍監神父每月一次「高桌」宴客（High Table），我們都需穿上綠袍，以示對來賓的尊重。

每年亦總有兩三次舞會，邀請對象是女校的高班生，是利馬竇生找女朋友的好機會。那時我已有女朋友，又不曉跳舞，見別人跳得高興，也硬著頭皮去請女士共舞。但當司儀宣佈最後三支舞時，便不敢莽動了，因為若再跳下去，禮貌上便要送女伴回家。有個關於送女伴的趣事，有一個女孩子同時被新生及大仙看中了，大仙有私家車，送人自然順理成章，但新生死不放手，竟跟了女孩子上車，結果是大仙做了義務司機？還是新生被人在街角趕下車？我不得而知。

在利馬竇堂同學會的年度競選中，「司某」覬覦主席之位，組班時先邀請了我出任財政，後來他找到更合適人選，便來推掉我。這對我只是很小的事，但見他聲淚俱下地解釋，

覺得他相當虛偽。但官場卻需要這樣的人材，後來他果然進入了政府，官運亨通，直爬至政府的最頂層。

三年大學很快便過，回顧當年，我實在是相當頹廢，因懶起床，從未上過早上第一堂。在學系裡我是個隱形人，沒有老師認識我，同學知交亦很少。除了靠唸公式應付考試外，我並沒有學到什麼知識，又沒有接觸工程實物及工地經驗，整個大學教育於我是非常失敗。在宿舍生活中，我的活動圈子很狹窄，只是和鄰房幾個同學來往，沒有好好體驗利馬竇堂的大家庭生活，亦沒有為群體作出什麼貢獻。這並不是理想的大學生活，但這就是那時的我，三年大學就這樣渾渾噩噩地度過了。

利馬竇生 1969

第三章

七十年代——
遠赴南洋

香港七十年代

七十年代香港人口已增至四百多萬。製造業仍佔香港經濟很大比重，但發展開始放緩，取而代之是服務業逐漸興起。

政府於 1971 年推出小一至小六的六年免費小學教育，再於 1978 年擴展至中學三年級，教育漸漸普及。

1972 年紅磡海底隧道通車，1979 年地鐵亦通車，香港踏入大規模發展交通。因海底隧道會影響載車渡輪生意，政府曾邀請油麻地小輪公司入股 10%，但「小輪公司」目光短淺，逆時勢大力反對興建隧道，不肯入股，結果它失去的利潤比經營小輪所得大十倍。

自六七暴動後，港府對發展租借回來的新界小心翼翼，鄉議局勢力龐大，與大陸又有聯繫，政府便推出丁屋政策，給予原居民建屋權，賺得鄉議局合作發展新界，但卻忽略了對其他市民的不公及長遠的土地供應問題，種下現在解不開的丁屋死結。

1973 年發生世界石油危機，油價由每桶三美元狂升四倍，引發世界經濟衰退，香港市面蕭條，失業人士充斥街頭作小販，恆生指數由 1700 點狂跌 90% 至 1974 年底的 150 點。

社會貪腐嚴重，1974 年廉政公署成立，當時警察局為貪污之最，警員人人自危，與廉署正面衝突。港督為穩定警隊，

頒下特赦令，對以往的事件不予追究。加上日後的高薪養廉政策，警察局大改歪風，香港在廉政上跨出一大步。

1975 年海水化淡廠建成，但卻沒有投入生產，因為在石油危機後，石油成本倍漲，海水化淡已變得非常昂貴，廠房成為大白象。

由政府撥地，馬會出資興建的海洋公園在 1977 年開幕。

七十年代末期，石油危機已過，大陸亦改革開放，香港經濟再度起飛，地產進入狂潮。通貨膨脹達 15%，最優惠利率升至顛峰的 18 厘。

獅城軼事

1970 年中，剛考完大學畢業試，便受聘到新加坡工務局工作，條件比一般的香港工好，月薪連房屋津貼有 2200 港元，三年合同，約滿酬金 15%。我家經濟拮据，兩個弟弟還在唸書，便不考慮其他因素接受了。啟程那天，家族裡二十多人到啟德機場送行，因到南洋工作在當年是重大事情。

同行有同班的廖傑康，馮桂麒和李銘清，我們在 Siglap 租了一間半獨立屋，離上班的 Kalang 只廿分鐘車程，家務由半工女傭打理。

Lucky Garden 半獨立屋 1972

我被分派到工務局的電機署，作為見習工程師，主要任務是輔助凌金（Lingam）及郭兩位資深工程師的工作。因工程師每天都要巡視工地或四處開會，政府有很好的駕車津貼，我便馬上去學習駕駛。只學了十小時便去應考，考試全過程我並沒有犯錯，但卻不及格，考官說我開得太慢！第二次考車時我作了充分準備。電機署有位電工名叫柏加（Bakar），他專門替同事將十元的交通定額罰款以五元清理掉。

考試那天，他帶我到交通部見一高級警司說：「他是我的工程師，由香港來的。」

警司隨即帶我見考官，對他說：「請你帶他去考試，盡你的力量！」

考官只需我駕駛一段極短又容易的路，我便拿到我的駕駛執照！

下一步是買車。我看中了一台二手車 Morris 1100，四千坡元（即八千港元）。我是不帶一文來新加坡的，香港的家亦沒有這麼多錢，但可以向政府借貸，只須兩位公務員作擔保。這擔保的風險很少，因我每月的駕車津貼已夠還款，還未算月薪。誰知牽涉到金錢便沒有友情，辦公室幾十個職員，竟各有理由不能為我擔保！雖然我最後幾經辛苦終於找到駐外的印度人幫忙，但我已感到工作世界裡人情冷漠，與在學校時同學間的真誠友誼全不一樣。

工作合同原訂明我們先做兩年見習工程師，第三年才是正式工程師，負責主導工作。但只上任了三個月，工務局便

加我們少少工資，升我們為「工程師」，又加快我們負起較重的工作。原因是新加坡正獨立不久，英國開始撤離軍事及技術人員，交還全部基地；新加坡大學還沒有工程學系，欠缺工程接班人員，於是便從香港招聘工程畢業生。在往後幾年，新加坡政府大量聘用港大工程畢業生，直至新加坡大學成立了工程學系才停止。

轉為工程師後，我便成為項目的負責人，但經驗不足，只好常常厚著臉皮請教別人，上至凌金與郭，下至技術員及繪圖員，都是我的導師。這樣的情況當然容易出問題，例如我設計了一個總掣板，造完了才知掣房放不下！後來幾經波折，才能拆牆改建掣房。又一次是醫院（Outram Road General Hospital）的改建，因這是新加坡最具規模的醫院，佔地廣闊，我便設計了一個比較經濟簡單的電網，但需要電力公司（PUB）提供第二電源配合。在工程進行中，才發現電力公司有規定，一個地盤只可提供一個電源，這問題非常嚴重！最後因為這醫院的重要性，由凌金出馬，說服了電力公司的主管（他的印度同鄉），給了第二電源。

後來我主管維修，負責政府設施的電力維修。大的設施如機場，醫院及軍事基地等，我們有長駐技術人員；其他政府建築物及設施的維修，則由本部按要求派遣，可想像這工作的範圍廣闊和艱巨。又兼逢軍事基地移交不順，很多基地的設備沒有圖則需要我們實地摸清摸楚才能投運。

甲蟲車遊馬來亞 1972　　　　　　　　　　　　馬六甲橋

　　新加坡是多種族的國家，有華人、馬來人和印度人，華人亦分為福建人、潮州人和廣東人。連同官用的英語及中文學校用的華語（普通話），共有七種常用語言，這對只懂英文和廣東話的香港人是一大挑戰，有次我便在語言上重重的摔了一跤。當時有個軍事基地的保安照明系統壞了，我帶著有廣東人、福建人、馬來人和印度人的隊伍進行搶修，因語言上發生誤會，我竟用手觸碰帶電的電纜！全身一震，算我命大，竟然不死！

　　修理工場的設備十分簡陋，亦沒有預算添置設備，本應先在年度預算做立項，待批准了才能用錢，但這過程要費一年多，心急想做事的我，竟然走違規捷徑，叫承包商替我製作一電機測試板，從別的合同報大數支付。我真的太無知了，以為只要是為工作，沒有私利，便不用理會違規可令我坐牢的嚴重後果！

整個維修隊伍有一百多人，有不少管理上的工作。接任不久我便發現這部門很久已沒有人升級了，而編制內卻有很多空缺，於是安排了各等級的考試，讓有資格的人報考。一輪工夫後，提升了一批人員，亦提升了隊伍的士氣。

三年來的工作尚算稱意，並不沉悶，工餘時間更為開心。工務局有個簡陋的會所，我和同事每週都到那裡打羽毛球，亦藉著球場結識了不少異性。我們亦喜歡開派對（party），有次 Naidu（印度人）安排了我到一醫院（Tan Tock Seng Hospital）接幾位護士去公務員會所（Civil Service Club）開舞會，那次場面較大，人又多，我很快便被一神秘女子吸引著，忘記了護士們。過了一段日子，我到那醫院工作，剛巧碰上那護士，她半嘲半罵說我既接她們去舞會，為什麼不送她們回家？我十分慚愧，無言以對。其實她亦是個漂亮爽朗的少女，為什麼當晚我被別人迷惑了？

新加坡有很多公園，綠草如茵，花叢點綴，最合情侶談心。有次我帶女朋友開車到花柏山公園（Mount Faber Park）談心，我熟識這裡的電路設計，為了在女友前表現能力，我關掉公園的燈光，讓情侶們享受漆黑。我算好時間，一小時後便開回總掣，開車離去，別讓我的緊急維修人員看見我。

有一次跟同事到漁排（Kelong）過夜。漁排是在大海之中，有兩排木樁順著潮水方向插在海中，形成喇叭狀，闊口向著潮水，廣納魚群，窄的一端則接上用木樁砌成的四方井，井底有網，旁邊有小棚供人歇息。我們約十人黃昏出發，乘

小艇到漁排，各自安頓。我嘗試釣魚，但沒有收穫；入夜後海風很涼，我穿上印有歌德式「R」字的大學宿舍毛衣，引來同事妹妹的好奇，和我談了半晚話。天剛亮時，漁夫便起網，他吃力地轉動絞盤，井底的網逐寸升起。網到水面時，大家深深地吸一口氣，希望有龍躉或青衣等大魚，但只見一些小魚和蝦蟹，或許這天不是捕魚的好日子。潮汐天天變化，耐心的漁夫總會等到他的賞報。

我和廖、馮、李等四人是第一批來新加坡工作的港大畢業生，第二年共來了十多人，這可熱鬧了，尤其歐陽、葉金、徐敬、黃炳、善燊、馬達等與我們為鄰，大家便一起看戲飲茶打球。當年大家年輕，喜歡標新立異，看戲一定要坐前座第一行，要半坐半臥昂起頭看，一點都不舒服，但我們就是以此為傲。新加坡沒有港式酒樓，只有大酒店的中菜廳才有點心，我們每月出糧後才約定去一次。在過年的日子，所有賣吃的華人店舖都不營業，我幸好結識了一位本地姑娘，過年時便到她的家黏餐。很多年後我才醒覺，她雖不是清麗脫俗，但人品純良，為人和善，曉得大體，做得捱得，會是一個好妻子，年輕的我很隨意地錯過了。

我們四人和隔鄰的同學經常一起活動，有次共九人在一個長週末，駕三台車北上馬六甲及吉隆坡，遊玩風景名勝，興高采烈，但到了最後一天回程時，老馮的福士甲蟲開不動，波棍脫落了！震驚之餘，幸好找到車房幾小時便修好，大家才鬆一口氣，不用擔心趕不及第二天上班。

最初別了在港的女朋友到來新加坡，日子十分難過，等了一年才可以回港見面，真是望穿秋水。後來她和我分開了，我又適應了新加坡的生活，日子便過得很快，轉眼三年合約期滿，雖然新加坡政府給了我永久居留權，並希望我能留下續約，但我仍捨不得美麗的她，要回港了解為什麼。於是，三年的獅城生活便劃上了句號，但我心中卻永遠懷念著滋養我成長的新加坡。

錯棄中電

　　1973 年從新加坡回港，便馬上進入了中電街線部。由於我沒有高壓電的經驗，便在荃灣地區部門培訓，結識了好友 KK。後來被派到上水分區做主管，這分區有電工五十多人，但技術人員卻只有我、助手永佳、管工及繪圖員阿聶，我們的任務是維持上水的電力供應及接電給新用戶。

　　上任不久便發現石湖墟的電力比較緊張，在夏天用電高峰時，多條電纜的負荷已接近滿載，停電的風險很高，於是設計了電網的加固方案，報告給總部 Mr. Rainger，獲得批準實施，解決了問題，由此得他賞識。

　　上水大部分地區是鄉村和農田，供電需要種電燈棟及拉架空電線。實地觀察時我發現工人們掘洞種棟的器具很不稱手，與管工研究後，便到坪輋一鐵條廠打造一長柄的扁錐，即場造好了，我便匆忙拿起試用，誰知在打造過程中，鋸鐵時摩擦所產生的熱力，已足以燒傷我的皮膚。

　　我熱愛打橋牌，時常與朋友打牌玩耍，有一次我們八人預備在週六進行正式分隊比賽，四人對四人。週五剛好颱風襲港，週六清晨降為三號風球，我要在現場指揮電力搶修，便告知橋牌友我會稍遲。但被颱風吹壞的電線很多，由清晨搶修至晚上，害了七個橋牌友白等了我一整天！

　　當年香港的管理水平還未到位，有權的人享有很多便利，

我是上水的電力主管，亦因此佔了便宜。我的父母住在上水，我想為他們的寮屋安裝熱水爐，讓他們在天冷洗澡時不怕著涼。我問管工怎可將電錶換大（電錶是由另外部門管理），他說很容易。過了不久，父母便有熱水淋浴，同時家裡亦裝了廁所，父母亦省了上公廁的麻煩。

我和永佳、阿聶及新升的技術員志文都是年紀相若的王老五，公餘時經常一起活動，尤其愛到美瓊的家。她與妹妹及另外兩個女孩同住，和我們很投契，我們空閒時便到她們那裡打麻將聊天。男女孩見面多了總會發生感情，於是慢慢產生了一個怪現象：甲喜歡乙，乙卻欣賞丙，丙又仰慕丁。大家的關係正在尷尬時，我因轉工離開了上水，搬到薄扶林居住，這四男四女的方便聚會就此結束了。

我在上水工作時很開心，本沒有轉工的念頭，但碰巧有事回利馬寶宿舍，見南華早報上登海洋公園正招聘 18 個月駐工地工程師，月薪差不多是我當時的兩倍，便遞信申請並獲取錄。剛好張世伯來探訪父親，聽聞此事，驚問我怎可以拋掉中電這大公司既穩定又有前途的工作，到地盤做一份臨時工！年輕過度自信的我一笑置之。後來我才知道，這是我一生最錯誤的決定，不只大大影響了我的事業，而且間接將我與已分開的玉清湊在一起，鑄成大錯。

離開中電時我到總部與 Mr. Rainger 道別，他惋惜我的離職，並且說他剛想調升我，卻收到我的辭職信。命運就是這樣作弄人。

海洋公園

　　1975 年初離開中電到海洋公園工作，任職駐工地工程師。因工地遠離粉嶺，我在這大半年內曾先後住過堅尼地城明愛宿舍，大學利馬竇宿舍，甚至在工地辦公室開尼龍床睡覺，到海豚訓練員臨時宿舍梳洗，真是居無定所，生活漂泊。1975 年底，海洋公園需為纜車運行作準備，改聘我為纜車總監。

　　海洋公園的纜車是香港的第一個架空吊車系統，由兩個平行的系統組成，單系統的設計載客量已是當年世界第一，每小時可載客 3500 人；系統共有 17 個鐵塔，200 輛吊車，由意大利 Agudio 公司製造及興建。上任後不久，我便與助手老吳到意大利培訓，在阿爾卑斯山的 Silva Gardena 滑雪勝地逗留了一個月，學習 Agudio 系統的運行與維修。我亦趁機會學習滑雪，在滑雪場上了兩堂，但並不上手，碰巧在旅店認識了一奧地利人，他向我指出滑雪的要點，就是在準備轉方向時（例如轉左），先蹲下，然後用左腳撐起身體，左腳便著力轉左，右腳便得自由，跟隨轉左；轉右亦是同樣道理。後來我已能隨他從山頂滑到山腳，體驗到滑雪的速度及驚險，真是興奮。

　　纜車部門的一切都是由零開始。我首先建立組織機構，招聘及培訓人員。大概是怕管不住年紀較大的人，我所聘用

的技術人員都是年輕人。由於政府還沒有管理纜車的法則，我便和機電署商討，制定可行的法則，包括控制員必須考獲執照及系統年檢等等。如果碰到緊急情況，纜車停在半空，Agudio 有一套輕巧的救援設備，亦訓練了我們使用，但消防局覺得太複雜，自己設計了一套比較簡單但很吃力的救人方法，並來現場實習。

海洋公園纜車

當纜車系統進入調試階段，我們的介入便多了。到最後作滿載全速試驗時，發現系統運行不穩定，雖然承包商 Agudio 說沒大問題，但作為最終負責乘客安全的我卻不能馬虎。原設計的最高速度是每秒 4 米，顧問 Binnie and Partners 及政府最後通過的速度是每秒 3.5 米。但這纜車系統是新設計，試驗兩小時並不能反映全部問題，我認為每秒 3.5 米的

速度太接近極限，決定限速為每秒 3.2 米。現在回望，纜車得以安全運行了四十多年至今天，與這限速決定有很大關係。

1977 年海洋公園開幕，香港市民爭看新事物蜂擁而至，纜車是唯一的上山途徑，所以大排長龍。系統新投運亦自然有不少問題，所以除了疏導人群外，更令我傷腦筋的是要解決各種技術問題。我經常不惜氣力，爬上塔頂，腳踏鐵通，手扶把手，仔細與技術人員研究。在投運後的第一年，系統出了些輕微意外，幸虧都沒有傷人。但間有謠言說纜車曾跌死了人，受害家人被海洋公園用重金封住了口。在這現代的透明社會，怎可封住人的口呢！但謠言愈神秘愈有市場，我們亦無謂去高調澄清，以免弄巧反拙。

纜車部的組織基本上按法則分三個層次——總監、控制員和技術服務員，在工作中又分為不同隊伍，有一隊、二隊及三隊輪班負責運行與日常維修，特工隊負責較複雜的工作，及車廂工場負責車廂的維修。我全心投入工作，與同事有商有量，亦為他們爭取福利。例如，值班運行隊要很早上班，交通有困難，我便說服公司，破例為他們提供上班交通，安排了一台小巴，每早六時便從紅磡經銅鑼灣接人員上班。

纜車投入運行後我便獲得分配在公園內的宿舍，週末時我喜歡約朋友來打麻將、橋牌或相聚，朋友亦爭相到來，因為可以免費遊覽海洋公園，晚飯到香港仔食海鮮。

當纜車運行上了軌道後，我的擔子便較為輕鬆。於是報讀港大的四年制非全日工商管理碩士課程（MBA），在課堂

上結識了很多大公司的行政人員，對香港的經濟及總體情況有了更深的認識，我才認識到工程人員在一所娛樂企業的前途十分有限，我現職已是工程師之頂，再往上晉升看來很困難。這時中國大陸已改革開放，中電開始供電上深圳，我覺得返回中電雖有損顏面，但前途明朗，於是在 1981 年便應徵廣告，進入了青山電廠項目部，揭開了我人生新的一頁。

青山電廠（青山踏石角）

第四章

八十年代 ——
運動之趣

香港八十年代

八十年代初，香港人口已近五百萬人，新界環迴公路落成，火車完成雙軌電氣化，沙田及大埔大量填海，新界急速發展，地產及金融業興旺，香港正在高速發展。

中國實行了改革開放，香港廠家為減成本紛紛將廠房北移，騰出廠地發展地產，香港製造業開始式微，漸漸發展為亞洲金融中心。

由內地偷渡來港的人太多了，又大都是貧窮及低技能，需要政府照顧，拖垮社會。於是港府取消抵壘政策（能到界限街便被接受為香港市民），實施偷渡即捕即解。

1982 年開始，九七新界租借期滿問題出現，資金撤走，英資集團怡和及置地撤出香港，很多發展項目被取消，經濟如水桶甩底，直線下降。港元被拋，由「1 美元 =5.5 港元」在幾天內貶值至「1 美元 =9.6 港元」，市民慌亂，市面糧食及日用品被搶購一空。政府立即在立法會三讀通過港元與美元以「1 美元 =7.8 港元」匯率掛鉤。

1984 年底簽訂了《中英聯合聲明》後，局勢開始和緩，但第一浪移民潮已開始，當年很多人對北京政府沒有信心，尤其較富裕的或專業人士，紛紛考慮移民。英國批出五萬個移民名額，給合資格港人定居，算是給中上層香港人一條出路。

港英政府管治了香港百多年，都是港督獨攬大權，任命所有立法局議員，決定一切政策。但在快要交還管治權時，卻啟動了代議政制，將權力交給人民，讓立法局民選，令將來的特區政府管治困難，居心叵測。

　　1986 年蘇聯發生極嚴重的切爾諾貝爾核事故，造成廣大地區核輻射污染。香港中電公司正與中國合作，在深圳大亞灣興建核電廠，市民舉行反核運動。

　　1989 年天安門事件在香港掀起風浪，150 萬人上街遊行，聲援北京的學生運動。這事件促成更多香港人對香港回歸後的前景感到悲觀和恐懼，香港出現了大規模的移民潮。單計 1992 年，就有超過六萬人移民他國，當中大部分屬高中管理階層。

中英談判

1978 年，鄧小平宣佈實施經濟開放政策，香港富商率先入大陸投資，為中國開放帶來首批資金、技術和人脈，終掀起外資入華浪潮，為往後 30 年的經濟起飛奠定基礎。

1979 年，港督麥理浩訪京會見鄧小平，要求延長新界租約期限，但不果，他知道了香港前途是個問題，但沒有告訴香港市民。英國卻立即頒佈國民法，將五百萬香港人排諸英國門外。此時香港經濟繼續興旺。

1982 年時，因樓宇貸款年期一般是 15 年，九七問題便開始浮現，當時香港人對北京政府缺乏信任，對香港前景感到迷惘，憂慮香港日後不能繼續維持其自由地位，大部分人希望港英能繼續管治。同年 9 月，英首相戴卓爾夫人挾剛在福克蘭島戰勝阿根廷餘威到北京，強調香港是英國屬地，但被鄧小平堅決回絕，雙方於是便展開了長達兩年半的廿三輪談判。

開始時，英國堅持香港割讓條約有效，不放手主權，談判處處碰壁，香港人信心動搖，經濟及股市開始滑落，大發展項目被取消，怡和集團遷冊到百慕達。1983 年 9 月，談判接近破裂，市場信心盡失，股市大跌六成，港元被拋，由 1 美元兌 5.5 港元，在幾天內貶值至 1 美元兌 9.6 港元。市民慌亂，市面糧食及日用品被搶購一空。政府立即在立法會三讀

通過法案，將港元與美元以 1：7.8 匯率掛鈎。政府又為了維持港人的信心，大減成本去挽救屯門輕鐵項目，把原本的架空設計改為地面鐵路。後來輕鐵是建成了，但因與汽車爭路，造成現在元朗、屯門的長期交通死結。

後來英國改變立場，於 1984 年 4 月宣佈同意移交主權，談判便進入新階段。英方著意保衛餘下日子的威信；中方既拿回主權，更希望香港繼續保持繁榮，港人治港，於是便發出「馬照跑，舞照跳」訊息，增加港人信心。

在談判初期，大部分港人不願現狀有大改變，希望英國能延長管治期。後來北京表明堅決收回香港的立場後，在大局已定氣氛下，越來越多人接受北京的「一國兩制，港人治港」方案。一直被拒於談判門外的香港政要議員，開始紛紛要求各樣的保障措施，以維持現行的制度，期望用民選政制抵禦北京的干預。至於「不駐解放軍」的要求，卻被鄧小平一句「不駐軍，還是我的國土嗎？」否定。

1984 年 12 月，雙方簽署《中英聯合聲明》，敲定了香港的前途，並舖了路擬定《基本法》。此後十數年，香港回復穩定，經濟繼續發展。

草地滾球

草地滾球在香港早期是私人會所的玩意，但現在已發展得非常普及，公眾球場已近十個。我於 1985 年在中電青山電廠開始玩滾球，自此便愛上了這運動。

當年中電的高層大多來自英國，愛好滾球，所以公司十分支持滾球活動，員工下班後玩球有三文治供應，玩完有交通送回九龍市區。1985 年球場啟用時，Mr. Howe 收了我及其他幾人為第一批學員。後來因我打得不錯，及對滾球興趣濃烈，被選為隊長。第一年參加草地滾球總會主辦的聯賽時，成績平平，但第二年我們已奪得第四班的冠軍。當年聯賽只有四班，現在已增加至十班了。

1989 年我調任到青衣電廠，那裡亦剛好建成新的滾球場，我亦當隊長，開始組織隊伍，參加聯賽。此時青山電廠已有多台煤機建成投產，因石油比煤貴得多，青衣電廠的油機便較為清閑，我們青衣員工也就並不忙碌，能按時下班打球。我們逢週二及週四練習，週六比賽。因球員眾多，而出賽只需 12 人，所以同事們很緊張我在賽前貼上佈告板的出賽陣容。滾球聯賽是採用主客制，所以我們經常作客其他球會及會所，認識了不少圈內的朋友。我在滾球場上十分活躍，除了帶隊參加聯賽外，還開訓練班，主辦中電內部各項比賽和

外部的行際賽，記得有次大賽我還安排了兒子嘉略獻花給主禮嘉賓。

行際杯頒獎 1991

滾球遊戲的目的是將球滾近目標白球，接近者勝。因球的設計是一邊肥一邊瘦，所以球線是彎曲的，而彎度又要看場地的快慢及發球的速度。比賽是每隊出三個四人組與對方作賽，在三條球道上同時進行，打 18 個回合。四人組的次序是固定的，雙方的「一仔」先滾，然後到「二仔」、「三仔」，「組長」最後。當然，組長的球至為重要。在戰略上有很多變化，一般而言，「一仔」及「二仔」應儘量滾近白球，三仔及組長可撞開對方的得分球，或推前同伴的球，或推白球到己方的陣地，又或堵塞對方的進攻路線，千變萬化，樂在其中。

滾球可以看到人的性格，尤其是組長。有些人在贏波時笑呵呵，輸波時卻黑起面口，怪責前面隊友打得不好。其實在作賽中，隊員受指責反會令他緊張，打得更差；組長的任務是儘量發揮整隊的潛能，好的組長會包涵隊友的失誤，當隊友失去信心時，應向他說一些能增加他信心或減輕他壓力的話。例如，當隊友面對困難球時，可說：「照常打，你打到㗎！烏龍都唔怕！」

1992 年底我離開了青衣電廠，到深圳郊區的大亞灣核電廠工作，因住在工地，我便不得不與球隊暫別，但仍與球友們保持聯絡，所以在 2007 年退休後，仍可重投中電滾球隊的懷抱。此時青衣球場已隨著青衣電廠的拆卸而消逝，幸好中電還有滾球場在青山電廠，及很多滾球新血。達哥是其中一個表表者，我與他合作無間，思路相近，不論贏輸，都打得十分暢快。其他隊友見我是元老，對我十分尊重禮讓。例如當球場邊只有一張椅子時，隊友們往往讓座給我，真使我感動。

有一年我在粉嶺聖若瑟堂擔任理事，在暑期活動中，我舉辦了一個滾球訓練班，參加者有男女老幼，我找了有正式總會教練牌的關 Sir 幫忙，安排大巴接送學員，在沙田小瀝源球場玩了四個下午。

我留在中電球隊直至 2017 年才因患病退役，但在康復期中，我亦間有上陣，而隊長達哥及各球員仍然接受我，他們對我的愛護及鼓勵，使我感激無限。

草地滾球給了我無限的樂趣和滿足，充實了我的生活。打球時我舒展了我的身手，在球場上我交了很多朋友，藉著教球我幫助了人找到他們的趣味。在安排賽事活動中，我促成各團體和個人的交流。自己得樂趣，別人亦得樂趣，這不就是做人的意義嗎？

青山電廠滾球場 2013

網球社交

在華人網球界，1989 年出了盛事，少年華裔網球手張德培創歷史奪取法國公開賽錦標。那時，倬雲與嘉略還很年幼，假若我給他們機會，說不定也可出另一個張德培！這當然是癡人說夢，但網球是很好的戶外運動，可從 10 歲打到 80 歲，一世有用；又是社交的好工具，可幫助建立人脈。於是我聘請了教練老李，在青衣電廠教他們網球。

他們學球時，我當然也在旁邊，後來老李說，不如我亦一併學吧！老李是個非常好的教練，技術及理論兼備，不像很多只是陪打的教練。我明白了各種不同的手法，會打出怎樣的球勢，例如平擊球球線平直，容易出界；上旋球會曲墜入場，著地彈高，給對手困難；網前截擊有如拿網捕蝴蝶，要有推前之勢；發球的關鍵是扣手將球拍打轉，有如翻筋斗；這使我們對網球產生了濃厚的興趣。青衣球場有發球機，我們間中晚上亦回廠練球。有次下了班，我在廠門口等嘉略，但過了廿分鐘仍未見他的蹤影，便打電話回家，玉清卻說早已送他上了的士。我有點擔憂，從美孚到電廠只十分鐘路程，為什麼還未到？會不會被拐帶了？我心焦地繼續等。再過了十分鐘，我的寶貝終於出現了，原來只是的士走錯了路！

我們的網球上手後，便約朋友到青衣打球，阿佳、二哥、阿安等等，加上我們三父子，大家玩得好不開心！有次只有

我和阿佳兩人單打，那天驕陽似火，只打了 45 分鐘，我便覺得很累，不想打了！怎會這樣？平常我可以打二三小時，亦不會這樣累！幸好阿佳是我的死黨，我不用介意停打會令他沒趣，於是便坐下休息。後來我才知道，那是中暑的先兆，再打下去可能連命兒亦會送去！

公司的網球隊常在青衣練習，我便有很多機會與好手交流，體驗他們強勁又帶旋的抽擊，從而獲得進步。

我上大亞灣後，住在工地專家村。這是為數百名法國專家而建的西式度假村，有會所、泳池、足球場、網球場、超市、診所及法國小學，超市的物品都是免稅進口，只賣給專家。我因不愛去唱卡拉 OK，晚上便與法國人打網球，後來安排了一場中電對法國的友誼賽，挺有意思。

練網球於專家村 1993

大亞灣核電廠是中國首個大型核電項目,由中方中核集團及港方中電合營。在九零年代,中國人都充滿著刻苦拼搏的精神,力求國家進步,不計個人犧牲,所以他們是住在較簡陋的宿舍,且不能使用專家村的設施。及至 2000 年,外國專家已大幅減少,電站已順利營運多年,並獲得不錯的利潤,國家的風氣亦漸趨向適度報酬個人的貢獻,中方員工便獲得大幅加薪及改善福利,高層人員都入住專家村,開始學打網球。工地的其它地方亦興建了網球場,網球便成為中方的喜愛玩意。中方的朋友亦成為我的慣常球友,每星期總來一兩次雙打比賽。他們的天分很高,很快便趕及我的水平,梁村長和我都是球味濃郁,每球拼到底,大家球來球往,暢快淋漓。有次我拼傷了腰背,他立即替我召喚法國醫生到來治療。

由於中方人員出國並不自由,所以他們很熱切與外界接觸交流。我便安排了中電網球隊到大亞灣,與中方作一場友誼賽,非常成功,中方以正式訪問規格,由大亞灣的工會主席親自接待。自此以後,中港網球友誼賽便成為年度節目,作為穿針引線的媒人,我亦感到安慰,並感謝神給我這環境、人脈及能力,為身邊的人增添快樂!

沙地高爾夫

在眾多球類活動中，高爾夫球可算得是既難學又難精的玩意，但卻是最能令人著迷。在高球界有個有趣的現象，一般高層人士比較難約見面，但如果你約他打高球，他則會爽快答應。

我在六十年代已與高球結緣，當時隔壁小黃拾得一支短桿（Pitcher）及幾個球，我們在荒田上挖洞玩耍，有一次我竟然可以打起球兒，飛出廿碼，興奮得難以形容。後來認識了上水圍鄉紳廖伯，他經常在粉嶺高球場上偷打，熟悉球技，每年我必隨他觀看香港公開賽。在 1974 年公開賽決賽日，台灣呂良煥領先澳洲馬殊（Graham Marsh）一桿，在第 18 洞（Par 4）發球。在這白人尊貴時代，我們華人觀眾都希望呂能獲勝，替華人爭光。呂的發球落在球道左邊長草，第二桿只能打到果嶺前的湖邊；馬殊則發了個好球，沿坡道滾下很遠，但第二桿卻打入湖中，罰一桿還要在湖後重打，他的第四桿卻又打得漂亮，停在洞邊兩呎，肯定能以超一桿完成此洞；呂此時已有兩桿優勢，冠軍應不成問題，但卻打進沙坑，上果嶺又過洞老遠，還要兩推才以超兩桿完成。於是雙方打成平手，進入突然死亡加洞賽。我和廖伯站在第二洞（Par 3）的果嶺邊，見呂的球斜了向我們飛來，落在我腳邊，因人群

走避來球十分混亂，廖伯對我說：「踢出去！」我便將球踢回果嶺，間接幫了呂守住那洞及後來的勝利。

呂良煥及馬殊雙雙在最後一洞失準，是因為高爾夫球給人的壓力特別大。不像網球、乒乓球等依靠快速自然反應，高球給人充分時間打每一球，但球場設計滿佈陷阱，考慮愈多反而令人畏首畏尾，打得愈差。猶其勝利在望時，考驗最大。記得我在 MEGS 年終賽時，站在最後一洞的球道上，距離果嶺只 80 米，只要打上果嶺便可奪年終大獎。本是很容易的一球，但當我拿起 P 桿時，覺得它比平時重得多，結果便打失了。「老虎活士」Tiger Woods 能雄霸高球壇十多年，前無古人，後無來者，除了憑藉超群技術及大將風度外，還有他異於常人的抗壓能力。做人亦是這個道理，能抵抗壓力，堅忍挨過風浪，才能達到美好的明天。

八十年代時，高球在香港仍只是富豪的玩意，因入會費要過百萬元，比買房子還要貴。我沒這麼多錢，退而思其次，便入了荃灣的顯達俱樂部，在山邊的狹窄練習場，嘗嘗揮桿擊球的滋味。後來美孚填海，填地曾荒蕪了一段時期，我便爬過原來的海旁石欄，在無人的大沙地上擊球為樂。烈日下沙地特別炙熱，若這是工作那要叫苦了，但我愛打球並不覺得這是一回事。因沒有人指導，有次用力過猛弄傷腰骨，險些爬不過石欄回家。為求試試落場打球的滋味，趁到美國探親時，我大膽到那裡的公眾球場，與陌生的美國人同組打球，雖然打得一團糟，仍去了好幾回。

高爾夫於美孚 1993

父子兵 1993

　　1995 年西貢滘西洲公眾高爾夫球場開幕，但只接受有基本水平的球員落場打球，我參加了他們的訓練班，考得「准打証」，便正式可以在香港落場打球。後來五弟本華和朋友樹燦、阿 Ben 等都拿了「准打証」，我的球友脈絡便漸漸建

立。及至加入了機電工程師高球社（MEGS），差不多每星期都去打球。

　　MEGS 約有五十會員，每月到香港及鄰近不同的球場進行比賽，用 Stableford 讓分制，使不同水平的球員有均等的取勝機會。比賽提高了大家的興趣和技巧，每次賽後聚餐，大家興高采烈地談論賽事，切磋球技，人生一樂也。

　　有次我和本華代表 MEGS 在滘西洲與另一球會比賽雙打，是當日最後一組開球，因雙方都是代表球會出賽，打來特別小心緩慢，未到第 17 洞，太陽已下了山，第 18 洞是在月光下進行！

多倫多練習場 1995

　　高爾夫球現在在香港已相當普及，練習場很多，亦並不昂貴，小市民都可以感受揮桿擊球二百米的興奮，但要下場玩整個遊戲，高爾夫球還是一項比較奢侈的運動。

第五章

九十年代 ——
大亞灣點滴

香港九十年代

1989 年天安門事件後，移民潮加劇，每年有五六萬人離開香港，其中大多數是專業人士，企業大幅加薪留人，由 1985 年至 1995 年的十年，管理級職位工資平均每年加幅超過百分之十。及至 1997 臨近，要走的人都走了，移民潮才成過去。

《基本法》於 1990 年在全國人大會議通過，成為香港主權移交後的憲法。

港府提出玫瑰園計劃，在赤鱲角填海建新機場、青馬大橋、汲水門大橋、第三條青衣橋及連接公路，預算二千億港元，差不多是香港的總外匯儲備。當時港人輿論認為港英政府是企圖在移交前，花掉所有儲備，使中國只收回一個空的香港。但事實証明，赤鱲角機場及各連接道路橋樑是香港必需的基礎建設，於 1998 年落成使用後，使香港的經濟發展更上一層樓。

1994 年大亞灣核電站建成，安全運行。至今，已供電給香港 25 年。大亞灣是中國第一個大型核電站，是國家的重點項目，由中國與法國精英攜手設計興建，並藉此發展了中國的核電工業及人材。如今，中國已有 50 台核電機組在運行，並能全自主製造及輸出核電機組。

李麗珊在 1996 年亞特蘭大奧運會女子滑浪風帆項目取得金牌，是地道香港人（香港出生、香港長大、香港訓練）奪得的首枚奧運獎牌，所有香港人都感到興奮。

勇闖大亞灣

1992 年時，隨著青山電廠的全面投產，青衣電廠的任務減少，我的工作比較輕鬆，與同事關係又好，工作十分愉快，我在崗位上安排公司的康樂活動比做工程工作還要多。下了班可與同事玩滾球，週末又可帶朋友回來打網球及燒烤，這時期簡直是我打工的蜜月！

青衣電廠，滾球場及網球場在廠前 1992

這天見佈告板上貼有內部招聘廣告，大亞灣核電廠出了個合同經理的空缺，職位比我當時高兩級。這對我只是酸葡萄，因我是工程專業，不懂合同。

過了兩週，好幾年沒見面的老沈，忽然給我電話，邀請

我申請這職位。他正在這位置上，待找到接任人便升遷往別處。

我說：「我未做過合同，擔不起這工作。」

他說：「我覺得你可以的，你遞申請信吧！」

升職加薪是我當時最重要的人生目標，更何況這職位是高兩級及帶有可觀的內地生活津貼。但我沒信心勝任，若不能勝任是沒有回頭路的。因離開了現職，那位置便有人填補，大亞灣若不要我，我便會失業。仔細考慮後，決定仍去申請，又幸被錄用。

大亞灣核電廠是中國首個大型核電項目，由國家中核集團及港方中電合營，公司有二千名中方員工，港方員工則只有十人。合同部門上上下下都是中方，就只我一人例外。他們自有一套溝通渠道和人事制度，在他們眼中，我是多餘的！我的普通話又差，不能和他們打成一片。最壞的是——頂頭上司是個馬虎的人，喜歡貪小便宜，不重視工作，我不曉奉承，便被冷落了。記得上任後不久要到北京，與俄羅斯公司談判濃縮鈾採購合同，我方代表包括國家指定的鈾採購顧問及我的專責買鈾下屬老趙。因顧問大意，忘記了在會前確認報價，俄公司便趁機反價提升了 5%。我們出盡渾身解數，最後將價錢壓回原價，及談妥其它條款。這是個以千萬美元計的合同，滿以為得到的結果不錯了，誰知回到大亞灣後我被批評，原來老趙事前跟總經理碰過頭，訂下要比原價低 3%的目標，但他沒有告訴我，使我躓了一跤！上任後的大半年，

都是這樣渾渾噩噩的度過,還幸除了那次外,公司沒再說對我不滿。有一晚上,我躲在宿舍裡飲泣,問自己是否真的沒用!

我一定要打破這局面!這年代國內的管理水平不高,電廠從歐洲採購零件,運回大亞灣手續繁複,很費精力。我利用與中電合同部的良好關係,把中電的物流合約及承包商直接引到大亞灣使用,把幾個費力的接口,全由物流商包辦,事半功倍。這時我的上司亦換了人,老儲很重視工作,他見我在物流的成績,漸漸對我信任。

大亞灣核電站

我繼續引入中電的採購管理系統,把繁多的訂單有系統地管理起來,從申請採購至貨倉驗收,都可以在電腦上一目了然。在推動改革中,碰到一些來自既得利益者的阻力,幸

好公司上層支援，系統順利完成，大幅提高了採購效率。

這時，電廠的建造接近完成，快要進入營運，需要採購大量營運備件。我在中電合同部安排了三天的會議，讓老儲及公司總審計師會見了十多間香港主要的代理商，讓他們瞭解市場，方便一起推動工作。此時，老儲已完全信任我，把業務上的權力全交給我，甚至人事上的年終考評，都聽取我的意見。有次我被自己的權力嚇了一跳，一個妙齡女同事，走進我辦公室，說：「林先生，我可以懷孕生小孩嗎？」原來中國實行計劃生育，整個公司的生育指標是有限額的！

熬過了兩年風雨，我終於在大亞灣站穩，所靠的不是合同專業知識，而是管理常識及積極態度，相信自己能把事情做好。回望青衣電廠，在我離開後幾年，因閒置而被拆卸，當年假若我沒有「勇闖大亞灣」，便早已失業挨餓了。

青衣電廠被拆 1998

工資飛升

　　1992 年底上了大亞灣工作，住在專家村。要請傭人打理家務——清潔、洗熨、午餐及晚餐，約半天的工作。經專家村辦公室介紹，以月薪 60 元人民幣便僱用了小芳，已是稍高於市價了。到 2007 年離開大亞灣時，半工傭人的月薪已達 500 元，15 年升了 9 倍！現在又過了 15 年，估計亦再以倍數上升。

　　但比較大亞灣正式員工的工資升幅，又是小巫見大巫。1992 年時，中電的工資比中方高出近一百倍！令我們中電同事慚愧，大家做類似工作，為什麼我們可以拿這樣多？到 2007 年，經過大幅加薪，房屋改革、汽車改革等福利轉為津貼後，中方的工資與我們中電已沒有太大的差別。由此可見中國自改革開放以來，經濟飛升石破天驚，工資狂升，尤其是高級職位，因為自由市場將高低層的工資差距拉闊了，以鼓勵人上進，現今中國已不是六十年代的：「做就三十六，唔做又三十六。」

　　當然，企業必須賺大錢，才能付出高工資，大亞灣核電項目集合天時地利人和，是中國改革開放早期的非常成功例子。當時，在蘇聯切爾諾貝爾核電站大爆炸後，全世界停建核電，核電設備製造商面臨倒閉，大幅降價，大亞灣公司得以用最低成本買得良好設備及服務，此乃天時。大亞灣鄰近

香港，電力市場有中電保証，兼賣電香港可提供外匯還債，此乃地利。大亞灣是中國第一個大型核電站，是國家重點項目，所以能匯集全國精英，悉力以赴，此乃人和。現在，大亞灣早已成為全國的核電基地，培育了不少人材，輸送到其他省市，幫助國家發展核電，平衡了中國的能源供應。中國亦藉著大亞灣及其它後續項目，建立了自己的核電工業。

倉庫綠化

約在 2005 年，行政倉庫（只行政物品）重建完成，隨即開始倉庫的綠化工作。行政處園藝師小安專責綠化，公司亦有專責綠化的承包商，不用競爭比價。大亞灣已順利運行了十年，財政充裕，工地綠化亦已進行了十多年，現漸漸走向奢華，種植昂貴花樹。我接管了行政處不久，覺得行政處為倉庫綠化立項 65 萬元，實在太多，與倉庫的建造費 200 萬元不成合理比例。倉庫又是處於冷落的一角，並非公司的門面，不應該在綠化上花太多錢，便要求小安改設計減成本。經幾輪改動後，最後只用了 10 萬元，便能達至倉庫前舖上一大片草地，路旁有樹有花，大家對此綠化效果亦滿意。

相信這次大減綠化費用，行政處長、小安及專責承包商都很不高興，但我作為部門經理，必須扭轉歪風，將有違常理的奢華及腐敗作風改正。

溫馨的週三

在 2000 年腰傷以後，傷患經常突然復發，久治不愈。長期的惶恐，便引起了抑鬱症。我受到雙重打擊，日子不好過。慧玉那時還在旅行社工作，但為了給我支援，每週三都到大亞灣探望，並帶來安格斯牛扒，在專家村宿舍給我煮一頓牛扒晚餐。週四午飯後，她便坐特到專家村接法國人的旅遊巴士返回香港。

因帶牛扒過關多時被海關沒收，後來我們便改到工地門口的簡陋餐館吃晚飯。那裡有活魚供應，也可來一碟小炒，加上一杯青島啤酒，能與心上人在異地共度溫馨一晚，人生快事也。還記得當時我腰背不適，這餐館的簡單白色塑膠椅卻特別合適我安坐，結果用了一百元，向餐館買下這椅子拿回家。

合同處間有晚飯活動，若碰巧是週三，慧玉亦會參加。大家便知道我們的週三約會，均覺得我們是難得的夫妻模範。後我被調到行政管理部，權力及威望都提高了，與陸瑋、孫海英非常合拍，秘書彬彬又乖巧能幹，我的工作幹得特別暢快。慧玉仍無間斷地每週三到大亞灣陪我，有時帶來自製的山東大包給她的老鄉陸瑋，有時與孫海英晚飯閒聊，大家都知道我能用心積極地工作，慧玉在背後的支援很重要。

後來，工地門口的餐館被拆掉了，我們週三晚便開車到水頭海鮮街。就只有一條街，擺在路旁是二三十檔中級的海鮮，購買時要注意秤重，國內是用市斤（相當於半公斤），一斤只有十兩。秤盤有顯示公斤的尺，亦有市斤尺，但只公斤尺有監管，市斤那邊會被人調高。魚販一般以調高了的市斤重量計價，但如果你指出應用公斤算重量，他便知騙不了你，馬上減價兩成！

　　買了海鮮，便到後街的餐廳煮食。店員早認識我們，其實當我們泊車買海鮮時，她們已在門口留了枱等候。水頭近海邊，空氣還算清新，晚上亦不會太熱，我倆總是一對，手拖著手，輕鬆談笑，享受當下。逢星期三晚，不知這樣享過了多少年月，使多少人羨慕！

　　還有專家村路旁長滿的洋紫荊，偏喜歡晚上放香，我們攜手在樹下漫步，日間煩惱盡忘。大亞灣的週三晚上，真使我無限懷念。

大亞灣專家村 1995

玫瑰閣 4B，您在大亞灣的宿舍，一定在您的記憶中留下了如玫瑰般的芬芳吧。

專家村宿舍 2007

承包商營地

　　大約在 2004 年時，員工宿舍已全部重建完成，正式員工已住進安穩及比較舒適的居所，但公司的二千名長期承包商員工，還住在核電初期搭建的簡陋宿舍，生活條件及安全都很有問題，於是公司決定重建承包商營地。責成行政處（屬我管轄）代表用家提要求，及配置傢具設備；土建處（屬另一部門管轄）負責設計興建；立項 4500 萬元，提供一個可供二千人食、住及康樂活動的營地，命我為項目經理。

員工宿舍及飯堂 2005

　　首先要解決的問題，是在工程期間人員的吃飯和住宿。行政處提出將營地分為東西兩區，將東區的人員搬到西區及工地以外，先重建東區，但卻又保留在東區中央的食堂繼續使用！我覺得這大大局限了建築師的設計空間，不能發揮整區規劃的效果。於是，我決定在西區建臨時飯堂，讓建築師

能做整區的規劃設計。行政處不喜歡這方案，因他們要多做工作，但始終亦依循行事。建築師有了全區的設計自由，果然能設計出完善的營地，有效率地使用地方，妥善照顧到人員的食、住及康樂生活。

土建處以往的設計招標，從不提及工程費用，選中的設計往往是最昂貴的，這樣工程費用必定超出預算。在營地的設計標書中，我特意加上一條規範——總工程費用不超過 4500 萬元。結果，投標的建築師都按這預算設計，各標書可直接比較，評標便能得出最佳的總體設計。事實上，最後建成了承包商營地，果然沒有超出預算，這是特加條件發揮的巨大效果。

在傳統的工作分工上，冷氣機和熱水爐是由行政處負責。即使剛建成的員工宿舍，亦是在房子建成後，由行政處安裝冷氣機和熱水爐，結果是露台被冷氣機佔了一半，熱水爐裝置防礙淋浴，喉管及支架不美觀。在營地項目裡，我改變了這分工方法，把這兩項電器納入土建合同內，由建築師設計，建築商供貨及安裝。於是，冷氣機及熱水爐便融入了房間的設計，美觀實用。但這改變涉及一些人的權力和利益，起初遇到很多反對，行政處就不用說，連財務部也反對，說這會引出額外開支！我立場堅定，還幸能說服各人按此方法進行。

項目進行順利，最後得以按時在預算內完成，還是公司在行政建設項目上的第一次！其實我所推行的改革，只是普通管理常識，以往大家只是因循守舊，不願改變。希望經過這項目，一些部門的守舊作風得以改善。

第六章

千禧年 ——
退休之樂

香港回歸後 1997-2019

　　香港回歸中國後，北京恪守承諾，不只不干預香港事務，甚至在許多事情上刻意避嫌靜默，做成泛民立法局議員視兩制凌駕於一國，肆無忌憚地排斥中國。香港選民對民主政制只是小學生，只看見眼前窄角度的自身利益，追求無制約的自由，無視宏觀局勢及長遠發展。於是，泛民議員便將政府困在角落，無法大步前行。在嚴守河水不犯井水的前提下，北京過分嬌寵了香港，為支撐香港，不斷推出利港經濟的政策，甚至寧願犧牲深圳利益，不採用較好的「雙 Y」港深珠澳大橋方案，而建造了現今極少車行的「單 Y」港珠澳大橋。另一方面，北京為支持香港經濟，實施「自由行」政策，「自由行」的確撐起香港經濟，但卻掠奪了大眾市民的房屋、交通、教育、醫療及消費等資源，使與中國無深根的香港青年厭惡中國，趨向反政府。港府亦因沒有自己政黨，沒法有效率地運作立法局，立法局會議淪為議員譁眾取寵的舞台。

　　第一任特首董建華以好心腸治港，計劃大增土地供應及興建公共房屋，希望徹底解決高樓價問題。但遇上亞洲金融風暴，科網泡沫爆破及 2003 年沙士打擊，樓價大跌五成，負資產處處。於是政府決定停止賣地，改為勾地，換句話說，即差不多完全停止向市場供應土地。為支撐樓價，政府又停建居屋。停止供應土地當然可支援疲弱的樓價，但第二任特

首曾蔭權卻將這權宜之計長期使用，七年不賣地，導致房屋供應嚴重不足，樓價長期大幅上升。地產商豬籠入水，小市民及小商戶被樓價壓得喘不過氣，怨聲載道，泛民議員的反政府態度轉趨激烈。

在 2012 年選第三任特首時，因唐英年與梁振英之爭，令支持政府的建制派嚴重撕裂。原因是唐英年與富豪及地產商關係密切，而梁振英是要壓抑樓價。當梁上任後，政府四面受敵，泛民固然攻擊政府以爭選票，勢力龐大的地產商亦處處留難，梁的政策不能展開，政府幹不成事，社會陷入長期的鬥爭，市民繼續捱貴樓貴租，貧富懸殊加劇。

九七後實行代議政制，立法局議員改為民選，特首沒有黨派，政府失去權力基礎，淪為弱勢。香港電台成為政府的絆腳石。港台成立於港督獨攬大權的時候，當時立法局議員全部由港督委任，港台的目的是批評政府的疏漏，有平衡獨裁的作用。但九七後全部議員已是民選，還有眾多公眾傳媒，政府已受到大量的監察，為什麼還要每年花幾十億元，去辦一個專門與自己唱對台的媒體？尤其港台已嚴重偏離中立，事事蛋裡挑骨頭，給廣大市民傳播歪曲資訊。政府應改革港台，使之為政府解釋政策，讓市民明白政府，這才有利施政。

香港的人均生產總值（GDP per Capita）自七零年代以來是與新加坡相若，在 2003 年被新加坡超越，到 2019 年已被拋離 30%。人均居住面積更無法與新加坡攀比，由此可見回歸以來，特區政府的管治每況愈下。

奕翠十七載

「舅父，你為什麼不住在奕翠園？」曾在奕翠園打網球的姨甥女在閒談中對我說。

我原住在九龍市區，為方便上深圳工作便搬到粉嶺中心居住。那裡交通雖然方便，但地方小、環境差，我早想找個較好的居所，聽了她的提議便馬上到奕翠園門外觀望，見門前雄偉的樟樹及門內的園林景致，這一刻我已決定搬入奕翠園。

奕翠園與我其實是有一段前緣。小時我家在粉嶺，二兄因藉著在銀行工作的方便，得以帶我們到「華人鄉村俱樂部」玩耍。那是六零年代，小孩子一般的玩意只是彈波子、橡筋繩等等，這裡的雪屐場及水上單車怎不教我畢生難忘？後來「華人鄉村俱樂部」變為「雙龍城酒樓」，大眾便對這地方熟悉起來。滄海桑田，隨著香港的經濟起飛與人口激增，這塊寶地便成為了今天的奕翠園。

華人鄉村俱樂部 1968

我佩服設計奕翠園的建築師，他運用了巧妙的佈局，保留原來的小山丘及樹林，尤其那兩棵過百年的大樟樹和那些高聳入雲的鳳凰木，建成了一座空間寬闊的高級園林大宅苑。我們安坐家中往外望，就是一片茂密的綠葉樹冠，還有雀兒在嬉戲，蝴蝶在飛舞，令人心曠神怡。我搬入時正好是鳳凰木盛開的五月，一踏入大門走過滿天紅花的小徑時，女兒不禁驚嘆著說：「這裡簡直就是一個美麗的度假村！」

奕翠園及華山 2019

入住奕翠園後我的生活漸漸豐富起來。因住所比較寬敞，會所又有多樣設施，我經常約朋友回家相聚，打麻將啦！打網球啦！燒烤啦！玩得不亦樂乎，生活比以前充實了。記得有次和一群教友在後花園燒烤聊天時，一個觀鳥專家說：「光聽鳥聲已知有十多種雀鳥在附近棲息，因為這裡園內有樹林，園外有水田和河流，環境安靜，是理想的雀鳥生態。」我多慶幸能住在這個好地方！

入住兩年後我和太太已實際體驗了奕翠園的情況，覺得確實適合我們，於是便決定買下來。踫巧遇上樓市低潮，單位供應充裕，我們便選上了一個向梧桐河的東南單位。以前我住在高樓林立的市區，住宅的方向並不重要，反正向哪裡都總有比你高的樓宇遮蔽著陽光，使你難見天日。但在奕翠園就能體會到向東南的好處，在炎夏時太陽在午後便躲起來，不向你添熱；但在寒冬時，陽光透過落地玻璃，充滿全室，使房間溫暖如春，這對於比較年長的我非常實用，是我理想的居所。

　　奕翠園的會所由年輕人管理，他們有熱誠、有魄力，把會所攪得很興旺，每逢中西佳節都舉辦些特色嘉年華，增添氣氛。亦經常舉辦試酒會、水運會、興趣班等等，我最投入的是太極班。大約是十多年前了，我和太太參加了太極初級班，只有七八個同學，在舞蹈室由葉師傅教導。他功夫到家，又懂得教導，將每一招式細分為幾部分，讓我們這些初學者較易上手，大約過了半年我們便能打出整套楊式八十四招了。雖然算是畢業了，但我還是繼續參加新班，以求進步。如是我一而再、再而三地跟著葉師傅，不自覺地成了他的助教，指導新來的同學，贏得「大師兄」的稱號。

　　後花園的緩跑徑亦是我常用的設施，它周長二百多米，有樹木遮蔭，又有桌椅歇息，況且小山擋著北風，冬天在這裡運動最為合適。當然，在天朗氣清的日子，還可選擇到園外的梧桐河畔散步，欣賞河邊的風光和白鷺的飛翔。又或爬

上對岸的天平山或華山，眺望整個北區，甚至遠處的深圳，此時你會不其然地領悟到人生的庸碌瑣事，都可以輕輕放下。

　　我並沒有參與屋苑的管理，對管理層的人員並不熟識，但從屋苑的良好狀況可推斷整個管理機構上下都做得不錯，值得讚揚。我與前線的員工接觸較多，閒來我喜歡跟園丁們聊天，為的是她們說話時帶著我母親的「圍村」口音，使我感受到一份鄉情。以前負責大門夜更保安的劉先生雖已退休，仍是我最欣賞的員工，我每次晚上出入大門，他總是精神奕奕地向我打招呼，我自然地感受到他的正能量，精神亦為之一振。很明顯他為他的崗位自豪，熱誠地盡本份投入工作，活出知足常樂的人生道理。

　　時光荏苒，轉瞬已 17 年，隨著兒女的長大離家自立，我亦從奮力工作的人生階段踏上退休之途，這意味著我做人的方向是改變了，但意義並沒有減少，我還可以在多方面發揮我的能力，造福鄰人，就像園內的大樟樹，繼續為人遮蔭，讓雀鳥棲息。

（2014 年奕翠園徵文比賽作品）

大葉榕換葉

　　每年冬季，元朗大棠的秋楓紅葉會盛裝登場，遊人蜂擁而至，把握「紅葉期」，一睹大自然的美妙。若錯過了紅葉期，欣賞紅葉便要等下一年了。上水天平路的大葉榕翠葉觀賞也是這麼悦目巧妙。

　　前人種樹後人涼。在 40 年前開闢的天平路，兩旁的大葉榕已長得巍峨茂盛，使這一公里多的馬路安靜地躺在樹蔭下，無論你是坐車經過，或是沿路散步，總會被這茂盛又整齊的大樹吸引著。馬路雖然寬敞，但大葉榕粗壯的枝幹毫不費力地便從路的兩旁合攏起來，形成一條大樹長廊，在香港獨一無二。天平路是在石湖墟的邊緣，靠著田野村屋，比較幽靜，是散步和慢跑的好地方。

　　香港的樹木多是終年常綠，唯大葉榕例外。每年 3 月初，天平路的大葉榕隊伍好像聽到大自然的呼喚，500 株大樹同時簌簌落葉。樹葉首先把葉綠素和水分送回樹身保存，自己變得褐黃乾脆。待一陣春風吹過，颯颯聲中，紛紛飄落，在空中飛舞，馬路和行人路上便鋪滿片片黃葉。清道夫們要叫苦了，遍地的枯葉何時能掃得清！他們把枯葉掃成一堆堆，包起來放在路旁，讓附近的農夫收去做肥料。

　　兩週過後，所有樹葉都差不多落清了，這會兒的天平路便給人一個很詭異的感覺。終年的樹葉天幕被揭開了，透過

光禿禿的樹枝，行人可見到白濛濛的天空，間中會發現樹梢頭的杜鵑巢。這樹林裡住了好幾隻怕羞的杜鵑，平常只能听到牠們響亮淒厲的啼聲，現在這些全黑長尾的大雀兒卻無所遁形。

落葉後露出天空

新葉如翠 2015

大自然一切有序，脫光了葉的樹枝像害羞的少女，急忙地穿上新衣。才不過兩天，便見到千千萬萬翠綠的嫩芽苞，從每一樹枝鑽出來，一點點的佈滿了整棵樹，漸漸變大。過幾天，芽苞便扔掉苞衣，讓翠綠的嫩葉像蝴蝶脫蛹那樣展翅而出，在微風中擺舞，點綴著深褐色粗大枝幹，苞衣也隨風飄落滿地。這美麗的圖畫每天都添上一點翠綠，主色調漸漸由枝幹的深褐變為嫩葉的翠綠。今天，大約是葉落後第十天，新葉還在爭相而出。有些樹已出滿了，粗大的樹幹像穿上青翠的新衣。有些遲的才剛剛長出嫩芽，準備爭妍。整條天平路的上空，又佈滿了翠綠，一天比一天茂密，一天比一天青翠。

　　但是，嫩葉的青翠亦隨時間漸漸變為蒼綠，相信過不了一個月，這條路的翠綠便會完全回復慣常的深綠，要再看嬌嫩的大葉榕新葉，便要待明年了。

（完稿於 2015 年 3 月 24 日）

兒童村補習

寶血會兒童村在粉嶺龍躍頭，與寶血女修會共用一個寧靜的荔枝園地。兒童村有八間家舍，住在那裡的七十多個女寄宿生，都是來自破碎的家庭，由社會福利署安排入住。她們本身的資質並沒有問題，但往往因家庭問題引致她們的學業大大落後，有些更有自卑感及性情古怪，生活不快樂。

退休前一年，我和慧玉在彌撒中得知兒童村徵求補習義工，於是退休後便到村了解情況，張修女見了我們，如獲至寶，即時安排了我們替三個女孩補習，每週三次，每次兩小時。於是，一幹便十年。

小紫是我的第一個學生，五年級。她幼失父愛，脾氣惡劣，張修女特意希望她能在我身上找到父親的影子，但我不曉得哄小朋友，沒多久她便不補了。反而同期的小紅卻對我

寶血兒童村

充滿崇拜，由小六直補習到中七，離院後仍視我們為家長，維持緊密的關係。小青則不甚好學，她來補習只是為了擺個好學的樣子，取悅家舍的家長。

補習生來來去去，高峰期有六名。碰到有基本水準的學生時，一教一學很有效率，我們很開心。但很多時，補習生的水準比她們當時的級別相差很遠，要教懂她們得從兩年前的課本開始，非常艱難。這是香港教育制度的問題，考試不合格照樣升級，學生愈升上高班愈覺困難，失去學習興趣。若見中五生的英文不及小六生，一點也不稀奇。

十年過來，我們共教過三十多名宿生。有些只補了幾個月，有些卻一直補至17歲中學畢業離開兒童院為止。小李是其中一個成功例子，雖然她的罪犯父親使她蒙羞，但她卻有志氣，知道前途要靠自己努力。我教她至中七，英文、數學、化學、經濟等什麼都教，只要我曉多少便教多少，甚至有時我要先去理解書本，才能教她。中學畢業後她考進中國銀行做事，後轉入了移民局為公務員，還邀請我們見証她的訓練結業禮。

很多宿生都受家庭問題影響而有情緒問題，補習時鬧脾氣不合作。同時又因成績落後太遠而失去自信，無心向學。起初我遇到這情況時，心裡有點氣，自己想：我義務來幫你，你為什麼鬧我脾氣？這樣一來，這個補習關係就出現問題，沒多久這學生就不補了。後來我體會到我們來兒童村的目的，是幫助這些不幸的孩子，要先取得她們的接受，才能引導她

們的行為。於是，我們買蛋糕替她們慶祝生日，新年及暑假時帶她們看戲逛街，了解她們的處境。漸漸地，她們便接受我們為半個家長，我們再按她們的吸收能力，能教多少便算多少。除了教書，我們亦常與她們分享人生經驗及為人之道，因為人若明理，自然會走正途。

有一年一個超齡的小六生加入，她天資不錯，但非常自卑，又沒禮貌，經常頂撞我們。她因缺乏自信，連說話都只是半開口，語音不清。我記著耶穌說：「凡為我的名接待一個像這小孩子的，就是接待我。」於是我逆來順受，耐心去教導她和關懷她。這樣過了半年，有一天剛巧是考完試及沒有其他學生在補習室，她突然跟我說：「林生，同我打鞦韆啦！」我感到一絲暖意，知道她已接受了我。慢慢地，她的自信心增強了，說話時已能張開口咬清字音。我真開心，她已起步了。再過了兩年，兒童村頒給她「變、變、變」大獎，確認她的性情和品格有大的改進，這真使我深深感到安慰。

有次我對宿生的愛險些弄巧反拙。小黃說她父親從來不帶她去飲茶，我們便約她週日到酒樓午飯，讓她得償所願。到週二我們如常到兒童村補習時，才知道她失蹤了，警察正在四處找尋她。幸好她週日與我們飲茶後返回了院舍，週一才失蹤。若她是飲茶後便失蹤，我們的麻煩便大了。她並沒有出事，只是因覺得院舍生活苦悶亂闖而已。

轉瞬十年，我不幸患上重病，不得不向張修女請辭，將這段豐富我生命的旅程劃上句號。我感謝神，給了我和慧玉

這個機會，讓我們發揮主賜的能力，幫助一群活潑可愛的兒童。十年來我和慧玉的融洽相處，二人一心，相信亦給了院舍的兒童，一個好夫妻的模範。

　　一個完整有愛的家，是孩童健康成長的根基，比任何金錢物質都重要。希望這篇真實生活故事，能多流傳到少年人，讓他們知道完整的家庭不是必然。有家的孩子應珍惜所有，以家為基礎；沒家的孩子雖然有所欠缺，但不用灰心，神會有適當安排，給他們幫助。他們的前途，也一樣是無可限量的。

慶祝生日 2010

（完稿於 2019 年 11 月）

馬爾代夫浮潛樂

　　馬爾代夫是由數十個環形珊瑚礁（Atoll）組成，每個寬闊幾十里，外圍環帶上有珊瑚島、暗礁、沙洲及缺口。因有環帶的保護，環內的海面比較平靜。

　　環形珊瑚礁的前身是海中的火山，因水溫合適，山腳周邊便長著珊瑚。當火山底的岩漿流失，火山便緩慢地下沉入海，但周邊的珊瑚為了爭取陽光，不斷向上生長。下層的死了留下珊瑚石，新的一層便在石上面形成。這樣，經過幾百萬年，火山已全沉在水底，但珊瑚石卻一層疊一層地長到海面，形成了環形的珊瑚礁。

　　珊瑚島有個特點，因珊瑚不能離水而生，所以珊瑚島只會僅僅高於海面，而島四周的海床非常陡峭。島上雪白的沙其實是碎了的珊瑚石，珊瑚島的確是實至名歸，一切都由珊瑚而來。

　　我和慧玉為馬爾代夫著迷，遊玩過很多次，因每個島有它的特色，每次的經驗都是新鮮的。說伊號盧島（Ihuru）吧！別墅的後園連接沙灘，走幾步便可以下水——那平靜又清澈蔚藍的海水！輕踢兩下蛙鞋，便像魚兒回到自己的家園，心裡有說不出的舒暢。慧玉總是急不及待地游過淺水區，搶先抵達那海底峭壁。雖然我們經常浮潛，這裡的海底世界總攝著我們的心神。在我們底下，一邊是伸手可及的七彩珊瑚，

另一邊是深不見底的神秘大海，各式各類的珊瑚魚，沿著峭壁邊界，來往穿梭，像趁墟市一樣，熱鬧非常。

珊瑚礁邊界

　　觀賞各式魚兒游弋珊瑚、覓食追逐，比看英超球賽還吸引，我要把情景攝下，留待日後回味。但這點不易做，要計算光線方向，游到魚兒的側面，對焦魚眼，才能拍得好照片。但要取得這位置非常吃力，因魚兒會避開你，只讓你看它的尾巴。往往拍攝一個鏡頭，花費我很多時間，沒法緊隨照顧慧玉。

　　珊瑚魚七彩繽紛，種類繁多，都是吃食黏在珊瑚石上的海藻。有些魚是啄吃，但鸚鵡魚則用其大嘴，咬崩珊瑚石，嚼碎連石吞下；消化了海藻後，便排出幼白的沙粒，雪白的沙灘便是這樣造出來！我特別愛看一群群只有手指大的藍兵魚（Fusilier），牠們都穿上螢光藍衣，以整齊陣式一致行動，當被大魚襲擊時，牠們閃電似的逃避，就像一束藍光，閃過

我眼前。綠海龜不怕人類，竟游到我面前，我本可摸它一把，但記起海洋生物家的話，這會損害它身上的黏膜，我便安分地只拍照算了。

與海龜玩耍

或有人問，馬爾代夫有鯊魚嗎？有的！不過只是不咬人的黑鰭鯊（Black Tip），五呎長，我見過多次。

玩罷珊瑚礁，我們參加了酒店安排的大魔鬼魚之旅。一般在淺水區出沒的魔鬼魚帶有尾刺（Sting Ray），像書桌般大小。但「大魔」（Manta Ray）卻比雙人床還大，在較深的大海生活。幾個馬爾代夫嚮導帶著我們廿人坐船在大海中搜索，嚮導站在船頂四面探望。一個多小時過去了，「大魔」仍不見蹤影，我心裡已作了輸數。忽然，嚮導一聲歡呼，全船的人都匆忙穿上蛙鞋、戴上面鏡，一一跳到海裡。清澈的海水讓我清楚看到遠遠的一對「大魔」向我游來，節奏地拍動雙翼，氣勢有如女皇出巡。牠們就在我的肚下游過，然後

不斷翻筋斗，張開如面盤的大口，吸食水裡的微生物，我忍
著耳膜的刺痛，潛到兩魔旁邊。有幸與這龐然大物在大自然
裡親密接觸，使我畢生難忘。

大魔鬼魚翻筋斗覓食

2004 年的南亞海嘯，摧毀了不少馬爾代夫的珊瑚。為
了保育珊瑚，我們資助及種植了一個珊瑚架。這是一個簡單
的不銹鋼架，約豬籠般大小，我們在淺水中把活的珊瑚枝綁
在架上，然後將架移至一個指定的海床位置。我命其名為
「China Love」，以表示我由中國帶來「愛」，願它能長成
一大片珊瑚。

我們玩累了，便躺在椰樹下的沙灘床，享受清涼的海風
和海水拍岸聲，沉迷在大自然裡。

黃昏垂釣亦是個好節目。我們乘船出海，邊釣魚談天，邊欣賞日落。釣得一尾大石班，回來時廚師替我們烤了，嘗到這樣新鮮美味的烤魚，是我畢生的第一次。

　　晚上的海邊有點兒涼，我們披上大毛巾，躺在沙灘床上看星星。四周漆黑、寂靜，天上的星星原來是這樣多、這樣密！我打開手機的 Stellarium，認出了「大熊」、「小熊」、「牛郎」和「織女」，驚嘆宇宙的奇妙。

　　馬爾代夫的美麗和寧靜，與煩囂的香港成強烈對比。人們多愛旅遊名勝古跡，或北歐南美，我和慧玉卻獨愛到馬爾代夫浮潛，不為什麼，只為舒適賞魚。

馬爾代夫 Coco Palm

肯亞之旅

　　航機降落內羅比機場時，天還未破曉，我們睡眼惺忪出閘，當前便見到欄杆上掛著一大幅橫額——「歡迎香港旅遊代理考察團」。領隊齊集我們二十多人，與當地導遊一起分配大家上了四輛車，我和太太僥倖地被安排與領隊一起，上了一輛四輪驅動性能較高的吉普車，其餘三輛都是客貨車。到達內羅比的酒店吃早餐時，天才開始亮，領隊囑咐大家吃飽一點，因為下一頓飯會是在較遲的下午。

　　車隊離開內羅比，駛上一條兩線雙行的柏油路，人煙漸少，中途稍停在一間簡陋的禮品店，讓大家方便。往後見兩旁大多是乾涸的草地，間中有一堆堆的矮灌木，和稀疏的非洲相思樹，樹葉都在樹的頂部，它像一把打開的傘，只有長頸鹿才夠高吃得到它的葉子。果然，我們看見在遠遠的相思樹下，有幾隻長頸鹿正抬頭吃葉；亦見到一群黑白相間的斑馬，正在我們前方橫過馬路，我們的印度籍導遊兼司機阿星停下車讓斑馬先過，用流利的英語打趣說：「這是真正的斑馬線——Zebra Crossing」！

　　後來車隊離開了柏油路，駛入一條較窄的泥沙路，車子仍然以 80 公里的時速奔馳，我坐在司機旁的車頭座位，有些緊張，只有抓緊扶手，加倍留意路上的情況。漸漸地，車子進入了大草原，草約有半個人高，望不見邊際，已沒有灌木，

很遠才有一棵樹，原來我們已進入了肯亞最負盛名的馬曬馬拉（Masaimara）國家公園。車子又慢下來，停在一棵相思樹前，阿星說：「樹下有兩隻獵豹在乘涼，留意牠們眼角下的黑線，俗稱為淚線，就是牠們與花豹的最好辨認。」我見一隻獵豹正躺下休息，另一隻半蹲地坐在地上，不望我們，神態像我家中的高寶貓，不屑瞧人一眼。儘管牠們表現溫馴，我們仍是不能下車，只可在車上拍照。

草原相思

到 Fig Tree Camp 酒店時，大家匆匆放下行李，簡單用膳，便再出發往大草原探索原野動物。最易見到的是一群群的角馬 Wildebeest，牠們頭大有角像牛，後半身卻纖瘦像馬，重約二百公斤，其實牠們屬於羚羊科，所以亦稱為牛羚。其他種類的羚羊有黑腿羚 Topi（120 公斤）、高角羚 Impala（80

公斤）、葛氏羚 Grant's gazelle（60 公斤）及湯氏羚 Thomson's gazelle（30 公斤），都是一群群的。湯氏羚身形纖巧，奔跑時跳躍如飛，姿勢優美。鬣狗 Hyena（「鬣」音同「獵」）雖然只有家犬般大小，但牠們合群，獅子如果落了單亦怕牠們。阿星說今天的目標是找萬獸之王——獅子（非洲沒有老虎），車子在草原漫無目的地慢駛，我們見到各類的動物，不能勝數，我只認出鴕鳥、獠牙豬 Warthog 及狐狼 Jackal。在四個導遊的努力下，我們終於找到一群母獅，牠們正在長草裡歇息，因艷陽仍在高掛，猛獸亦要避其鋒芒。

黑腿羚

我們繼續在草原上探索，忽然車上的無線電話響起來，傳來緊張的聲音，阿星拿起咪高峰，亦緊張地用非洲語回答，隨即他向其他司機發施號令，然後對我們說：「有人看見雄

獅！」雄獅是獨行俠，不容易遇上。阿星帶著其他三輛車，開了十多分鐘，見前面停了多輛觀光車，雄獅應該就在那裡漫步。我們的車挨近去看，牠在我們面前約十米處走過，偌大的獅子頭，頸上披著濃密且長的黑鬃毛，果然威猛！我為牠拍了不少照片。

我們回到 Fig Tree Camp 酒店，它是名副其實的營帳酒店，每間房就是一個獨立的帳幕，但又佈置得很舒適，帳幕之上有棚蓋保護，我們躺在床上也可聽到河邊的蛙鳴，感受到黑夜草原的氣息。

營帳酒店

一覺醒來，已是行程的第三天，用過早點，先到河邊看河馬。距離酒店不遠處，河道很寬，一群河馬在嬉水，有大有小。大夥兒在聽阿星講解，我一個人先溜到水邊，近距離

替笨拙可愛的河馬拍照，誰知一隻大河馬認為我過了界線，怒叫一聲，游向我，我急忙退避三舍，大河馬見我走開，牠亦回到河馬群中去。

看罷河馬，我們便上路，開始 450 公里的行程。車子離開馬曬馬拉大草原，上了一條柏油公路後，車速反而減慢，因為路上滿佈大洞，政府沒錢修理，車子要行「之」字避開洞穴。我們乘客可辛苦了，在座位上左搖右擺整整一小時，到達亞巴迪（Aberdare）山腳時已天黑，因去樹頂酒店（Treetops Hotel）只是條單行小路，我們須先在亞巴迪酒店放下行李，轉乘一輛中巴上山。誰知天雨路又滑又斜，巴士竟然死火，再開動時左邊的車輪跌出馬路，離山溪只有一米多，十分危險！我要求司機讓我們乘客先下車，待他把巴士開回柏油路面我們再返回巴士，這樣可以減少巴士的載重，又保障乘客安全。但可能是言語不通，或是司機覺得此情況司空見慣，不用多事，他嘗試幾次後，終於開回路上，沒有出事。

樹頂酒店位於一個動物飲水池（Watering Hole）旁邊，兩個於 1932 年建在樹上的房間，本是給狩獵者方便，後來改建為三十多個房間的酒店，但地面一層仍只有一樘木梯及一個像戰壕的觀察室，讓遊客可近距離觀看野獸的生態。英郡主伊利莎伯於 1952 年以公主身份入住，離開時已是女王，是酒店名聞世界的原因之一。晚飯後，我在房間無意間推窗外望，剛巧一隻大象從窗下走過，如果牠伸出長鼻，剛好可與

我握手！我大聲呼喚團友來看，但大象已走到池邊，用鼻子挖泥沙往口裡送，阿星說這是大象補充礦物質的方法。緊接著又見一隻大水牛，走近大象旁飲水，比較之下，那大水牛就只如巴士旁的一輛木頭車，此時我才親歷其境地感受到非洲象的龐大！在這海拔兩千多米的山上，夜晚我和太太需添上羽絨褸，才能抵住酒店屋頂的冰凍。

樹頂酒店

翌日早晨，在山腳的酒店花園用早餐時，就在我們桌旁有一隻小小的蜂鳥，真的能停在半空吸食花蜜！第四天的行程比較輕鬆，第一站是在一處路邊，什麼都沒有，就只豎立了一個牌，寫著「你正在赤道上」。旁邊有幾個瘦削的黑人，都捧著一小盤水蹲在地上，盤底中央有一小孔讓水流出。其中一人向我們示範，他向北行了十步，開始讓靜止的水從小

孔流出，不到半分鐘，一個逆時鐘方向的漩渦便形成；然後他向南行二十步，重複放水，只見形成的漩渦卻是順時針方向，地球地理現象真是奇妙。

赤道示範

　　大裂谷是非洲的顯著地貌，是地殼板塊分離時拉開的裂痕，由莫三鼻級伸展三千公里到以色列。Jambi 的觀望台就在裂谷的旁邊，這裡的裂谷有二三百米深，谷底大概有十公里闊，有農莊田野，景色美麗攝人。我們順著裂谷的方向望，不見盡頭。這裡有流動禮品攤檔，比商店便宜得多，我們一時高興，買得過量，到收拾行李上機時才知味兒。

　　下午抵達奈瓦沙湖（Lake Naivasha）國家公園，此時雨季未到，湖的水位不高，露出的湖底方圓十來公里，水邊的幾百米是平滑如鏡的乾泥地，後面的地方已長滿了草，也充

滿著各類動物。我們下車走到水邊，見千千萬萬的粉紅色紅鶴正忙於在淺水中低頭喝水，吸食水中的浮游生物。其後我們回到車上，阿星一邊開車漫遊，一邊講述湖邊的生態。一隻雄性葛氏羚帶著牠的後宮在吃草，另一隻雄羚走過去想奪牠的愛，牠一點都不放過，奮力將挑戰者趕得老遠。又見兩隻白犀牛在大草地上吃草，牠們的扁平嘴形最合適吃地上的草；反之，黑犀牛較尖的嘴則方便吃樹上的葉。幾隻白色的牛背鷺在犀牛旁待著，準備吃被翻出來的昆蟲。阿星靜靜地把車溜到犀牛旁邊，讓我們可多欣賞這對龐然巨物。湖的周圍花草茂盛，樹木眾多，與湖底有很不同的生態，狒狒尤其多，亦有各類的鷹。有一棵樹掛滿了用草織成的網，像一個個倒吊的小氣球，原來是一種雄鳥的勞作，以吸引異性。

第五天要走三百多公里到安博塞利（Amboseli）國家公園，這裡是大象的老家，象群隨處可見，五六噸重的大象發怒時可不好惹，阿星不敢把車開得太近。象群在我們車前走過，我見很多象下半身都帶著濕的黑泥，小象更是全身濕透，

白犀牛

大象與小象

想必是剛從泥沼中經過。安博塞利較多沼澤，有不少爬蟲及雀鳥棲息，但這些不是我們行程的目標。

第六天回「奈羅比」前，我們走上一座小山崗，自由地遠眺四方，Kilimanjaro——非洲最高的山，就在眼前，近六千米高，山頂終年積雪，肯亞人奉之為神山。記得在買禮品時，我看上一隻用綠色石頭雕成的小犀牛，小販為賣高一些價錢，強調這是來自神山之石（Kilimanjaro stone）。

在奈羅比酒店的晚餐有些特色，餐廳燒烤多種肉食，侍應拿著整大塊烤肉，到我們面前介紹，誰喜歡便切一片給誰，一會兒又上另一種烤肉。

第七天乘早機回港，短而緊密的七天旅行，雖然有點辛苦，卻令我大開眼界。我因腰痛素來不去長途汽車的旅行，這次肯亞遊是特別為了圓太太到樹頂酒店的心願。轉瞬 15 年，想現在肯亞的交通已進步很多，旅程亦會相對輕鬆，但野生動物是否還有這樣多、這樣自由生活，就不得而知了。

大堡礁遊記

　　大堡礁是世界奇景之一，但到過大堡礁的朋友一般都未能描述那裡的美麗珊瑚，反而說，水很冷，水流急，暈船浪。但我們仍仰慕其名，乘搭特別為大堡礁設計的雙體船，在礁群內穿梭四天。

　　第一天下午船到了塞比利沙洲（Sadbury Cay），水很清，但珊瑚卻很零碎，作為熱身動作也勉強可以。黃昏開船後開始遇上風浪，船雖大但仍被拋來拋去，要握緊扶手才可以站穩，整晚如是，不能安睡。好不容易挨到第二天上午抵達了行程的焦點彌敦礁（Nathan Reef），船長卻宣佈因風浪太急船定不了錨，要放棄此站，令全船人大為失望。船繼續在風浪中前進，下午駛到登克島（Dunk Island），上岸看熱帶雨林。怎麼！我們遠道而來是要看珊瑚礁呀！

　　第三天上午到了柏羅勒島（Perolus Island），在岸邊浮潛，天正下大雨，海水渾濁得比維港還差。我首先向船長表達不滿，接著其他客人也不再隱藏心中的不快，紛紛投訴。船長知道不能再敷衍我們，下午改變了他的碼頭邊浮潛計劃，而駛向外礁群的樹幹礁（Trunk Reef），幸好風浪小了，終於我能親身體驗出名的大堡礁！但可惜斜陽已晚，水底的珊瑚都顯不出顏色。

到最後一天了，回程時經過得福礁（Tedford Reef），是我們的最後機會。太陽出來了！海水清澈蔚藍，各種珊瑚層層疊疊，七彩繽紛，如鮮花綻放，大大小小的魚兒，或成群結隊、或成雙成對，與我們一起自由地陶醉在大自然裡。大堡礁，大堡礁呀！你果然是上天的傑作。

　　捱了四天的船浪，我終於明白了為什麼遊大堡礁這樣困難，一般的珊瑚礁有珊瑚島保護，珊瑚就在淺水岸邊。但大堡礁卻是離岸幾十里，簡直就是在大海洋的中間，又沒有島嶼阻隔水流及風浪，所以風高浪急，不適宜我等休閒人士遊玩探索。

大堡礁珊瑚

沖繩遊記

在東南亞地區，要找一個有現代化的舒適而沒有大城市的煩囂，有清澈的海灣而沒有擠迫的泳客，有特色的旅遊景點而又能讓人安全地自由駕車遊覽欣賞的地方，恐怕就只有沖繩了。

沖繩位於台灣東面 600 公里，從香港坐飛機只需兩小時。它是一個窄而長的海島，面積比香港特區略大，人口 160 萬。市區和機場都在南端的那霸，我們下榻的喜來登酒店則在中部的西海岸風景區恩納，離市區約一小時車程。

雖然酒店房價在暑假期間比淡季的冬天要貴一倍，熱愛浮潛的我倆還是選擇了水溫最暖的 7 月。下機後到 OTS 租車公司拿了一台配備了定位系統的豐田混能小車，輸入酒店的電話，在英語的導航下，駛上沖繩唯一的高速公路。在斜陽下一面開車一面欣賞沿途的景色，很快便抵達酒店。取了房間安放好衣物，到露台一望，和暖的太陽正好落在無邊大海的海平線上，清新的海風輕拂著太太的雲鬢，這一刻深深地印在我心上。

喜來登酒店相當大而高檔，房間舒適，設施齊備，有偌大的沙灘和遊艇灣。防波堤擋住了海浪，水上活動與嬉水區亦有分隔，泳客可各適其式安全地玩耍。只是職員都不會說

英語，與我們溝通有點困難，還好他們有良好的服務態度，使我們住得很舒暢。

　　沖繩最美麗的風景在中部的西海岸，當風的地方因海浪的侵蝕而形成多處的險崖和洞穴，但山崖背後卻是長長彎彎漂亮的沙灘。我們首先去沖繩的地標萬座毛（Cape Manzamo），其名的意思是能坐下萬人的原野。汽車直達崖頂，走幾步穿過小樹林便是臨海的一大片草原，沿著小徑走到山崖的尖端。憑欄一站，遠望是蔚藍的天空和無際的大海，腳下卻是百呎峭壁和清澈見底的海水；再往左望，會見到龐大的天然象鼻石，由崖頂草原伸到海面，恍如大象喝水，所以這地方亦稱為萬象毛。再沿小徑走到草原的另一邊，便看見遠處美麗的海灣和沖繩最昂貴的日航酒店。我們在樹蔭下流連，捨不得這臨崖遠眺的感受。

　　下午我們參加了酒店安排的青洞（Blue Cave）浮潛，臨出發時船長卻宣佈因風浪太大，那裡不宜浮潛，要改去別的

沖繩萬象毛

地方。船開了一刻鐘便到達了一個在大海中央的浮潛點。水不算清，珊瑚及魚兒也不多，與我們常去的馬爾代夫有天淵之別，但比起香港西貢卻又優勝得多，雖然有點失望，但總算也快樂地玩了一小時。

晚上，我們漫步到恩納的大街，在一間地道的餐廳品嘗琉球牛柳火鍋。

第三天上午，開車到真田榮岬（Cape Maeda），青洞就在岬下。偌大的停車場差不多都滿了，碰面的人都是全副武裝，穿上黑色的潛水膠衣膠鞋，揹著氣樽拿著蛙鞋面鏡。我們隨著眾人走下一條長長的石級樓梯，見在兩岬之間是一個淺石灘，風浪很大，他們就在這充滿危險的地方下水，還要繞過山岬再游約一百米才可抵達青洞。青洞附近已停了多艘小艇，都是從水路來此地潛水或浮潛。我心在想：看看下午的天氣能否讓我們見識一下這聞名的青洞。

隨後我們沿著西海岸駕車南下，來到殘波岬（Cape Zanpa）。這裡是個很大的公園，沿著海岸是近兩公里長的斷崖峭壁，在岬的尖端矗立著三十多米高的白色燈塔。中午太陽猛烈，我們沒有爬上塔頂眺望沖繩的西海岸。

下午我們再到酒店沙灘邊的潛水中心集合，這次幸好天公造美，可以去青洞了！小艇在風浪中慢慢地駛了半小時才到達。嚮導用日語作了些指示，大家便下水了。我們不知她說了什麼，只得落在最後跟隨別人，但下水後我便覺得有點不妥了。首先是海浪較大，水溫亦較涼，環境有點惡劣；面

鏡又因入了水要重新配戴，當我在水中再裝備好時，抬頭一望，嚮導、慧玉都不見了！青洞又不知在哪裡，海面只見很多陌生的人頭和海浪，我歸何處？徬徨了一陣子，遠遠看見一支黃色的氣管，終於找到慧玉了，原來有一個押尾的女嚮導在她身旁，我才鬆了一口氣。

青洞的洞口只有兩米寬，泳客都要按規定靠右進出。洞內卻甚寬敞，有幾十米深，洞頂亦很高，水深不見底，水面非常平靜。洞內的空間一片漆黑，我鑽入水中往洞口一望，只見在四面漆黑中，一道藍光投射向我，確是人生難得一見的奇景。青洞外的海水相當清澈，魚兒亦不少，我們在水面浮潛，水底下亦有不少人用氣樽在潛泳，魚兒夾在中間，這多層海底活動的場面，可算是沖繩青洞浮潛的特色。

這晚，我們到恩納村一間簡便露天的食店晚餐，食物雖然普通，但情調卻很好，那女歌手的婉轉歌聲，使我內心不期然地隨著琉球民歌的韻律蕩漾。

第四天的行程是沖繩島的北部。沿著海岸線駕車走了約一小時，便到了美麗水族館，曾是世界最大的水族館，它所用的強化玻璃竟然有兩呎厚。參觀水族館是從缸頂的熱帶珊瑚魚開始，我們見到很多熟識的魚兒已雀躍萬分；慢慢沿缸邊向下走，魚兒便愈來愈大；當我們轉入主廳時，雖然已有心理準備也不禁嘩一聲叫起來，鯨鯊實在是無可比擬的！12米長，重三萬多磅的巨物，節奏地慢慢擺動尾巴，不疾不徐地在身邊掠過，我完全被這王者風範迷住了！我們在缸邊的

餐廳找到一張桌子，坐下來邊吃三文治，邊欣賞平日難得一見的海底生態。

水族館中的鯨鯊

接下來我們來到附近的福木林，這是一個古村，這裡每戶人家都種樹木代替籬笆，於是整個村便滿是一排排的大樹，保護著房屋免受颱風侵襲。現在，房子及村民大都不在了，剩下一個像圖案的樹林，被列入「世界文化遺產」名錄。

下一站是古宇利大橋，這兩公里長的橋連接了古宇利島與沖繩本島，在古宇利島這邊是個海浴場，我們在這裡的冰室歇息了一會，回味著我倆相識以來的愉快旅行。

第五天了，雖然我很喜歡大自然，但既來到沖繩也得逛逛它的市區。先開車到沖繩東南部的奧武島漁港。可能是我們來得太晚，漁港的作業已完結了，亦沒看見旅遊冊子上掛滿在廣場的大章魚，幸好還能在小市場內品嘗到新鮮的吞拿魚和沖繩特有的海葡萄。

隨後便開車入市區，目的地是國際通。市區內交通繁忙，又有分時段限制方向，開車甚為費神。國際通是一條長長的遊客街，各形各式的小商店佈滿在街道的兩旁，琳瑯滿目的商品有土產、精品、玩具、衣服、飾物、零食等等。最熱門的紀念品是「風獅爺」，它的意義是鎮壓著沖繩的大風，源起於中國福建。每間商店都裝飾別致，令遊客不勝暇給。國際通有很多日、中、西各式食肆，我們揀選了著名的船長餐廳 Captain's Inn 吃鐵板燒，價錢雖然貴了些，但其帆船式的情調，讓人在享受美食時有乘船跨洋的感覺。回程時已是黑夜，因沒有路燈，這多彎的高速公路並不好走，雖然彎位都設有反光標記，但開起車來還是很費神。

　　開心的日子總是過得很快，轉眼間已是第六天，要回家了。我們把汽車駛回機場的 OTS 公司，坐他們的接駁巴士到離境大堂，一切的手續辦理都很順利，反映了日本的高效有禮文化。

　　這次沖繩之旅收穫不錯。我只排了一個輕鬆自在的行程，沒有像一般的旅行者加插參觀一些歷史文物及體驗沖繩的夜生活，但我們心願已足，能旅行沖繩已是一個恩典，到青洞浮潛更是運氣，感謝與我風雨同路的慧玉，及巧妙地安排著一切的上主。

2017年發現有四期癌症後，生命就像風中的燭火，隨時熄滅。靠著神的恩典，我奇蹟地戰勝四期癌症，便於 2018 年出版《與癌症搏鬥》作見証。但隨後癌症數度死灰復燃，抗癌成為我生活的主要部分。

第七章

倚著神
與癌症搏鬥

晴天霹靂

那年 9 月，發現腹部有些拉扯，手摸像有硬塊，做了電腦掃描後，醫生說是膽管發炎，沒大問題。但過了兩週仍沒有好轉，便看專科醫生及做磁力共振，醫生說是發炎膿瘡，要入院抽膿。誰知抽不出膿，那東西不是膿瘡，而是腫瘤！為何電腦掃描及磁力共振都誤判是發炎？醫生解釋說，當腫瘤生長得特別快時，其掃描及磁力共振影像與發炎無異。天啊！原來我不只患了腫瘤，而且是患了特別兇惡的腫瘤！慧玉在旁聽了這噩耗，在病房一角飲泣，醫生離房後她便按不住，大聲喊著：「不公平！為什麼你一世做好人，卻會有這個病，不公平！」我沒有哭，平靜地接受，因知癌症不分人是好是壞，它看中你你便得接受，夫妻兩人總需要一個不倒下。

做正電子掃描後，我被確診患上最惡毒的晚期膽管癌，醫生對慧玉說：「這晚期腫瘤特別兇惡，化療及電療都不管用，現在已沒有辦法了。他剩下的日子只有六個月，不要他再受苦了，他喜歡做什麼吃什麼隨他去吧！」

這腫瘤確是發展得非常快，9 月初時用手按才隱約感到硬塊，且沒有痛。到 9 月底已可眼見一大硬塊東西凸現在右腹，及每天要吃葯止痛，躺下時不能側睡，胃納大幅減少了一半。

剛巧碰上週末及國慶假期，有好幾天在家未能約到腫瘤科醫生。關心我的家人及朋友提供了各式各樣的天然療法，包括喝五青汁、生薯仔汁、花生衣水、吃蘆筍、戒牛肉、戒糖等等。二哥甚至馬上帶來一小箱 Fucoidan 海藻精華，這是號稱能抗癌的韓國成藥，叫我吃雙倍份量。我和慧玉六神無主，只好試這試那。誰知過了幾天，我本已屬寒性的身體便受不了，出現暈眩、潮熱盜汗、夜尿頻頻的徵狀，使已受打擊至抑鬱的我更無法安睡，只好停止這些食療及藥物。

　　我又聽說郭林氣功能治癌症。五弟立刻為我找到一個很好的周師父，到我家單獨傳授，我以前曾學過郭林健身氣功，所以很快便學會了郭林抗癌氣功。練了幾星期，發覺在鍛煉時每每引起肚痛，或許是「氣沖病灶」吧！我的病情已到如斯階段，孱弱的身體何堪再加以打擊，於是便沒有再練了。

奇跡出現

轉介到腫瘤科陳醫生後，我做了兩次化療，然後做正電子掃描看看進展。其實不掃描亦知情況，眼已見硬塊大了一倍多凸現腹部，肚痛增加，雙腳開始水腫，這化療藥明顯無效。醫生說若換上另一隻猛烈的化療藥，我的肝臟怕受不了，不如試試新出的免疫治療藥 Prembolizumab。

11 月 21 日覆診時，第一次見到樂觀自信的陳醫生面容失去光彩，說話的語氣顯出他已無能為力，只強調我的癌細胞特別厲害，裂變得特別快。

慧玉亦感覺到病情已到了最後階段，便問醫生：「那麼，估計他何時下不了床呢？」

他想了一會，說：「大約年尾吧。」

天啊！那不是不消一個月我便要躺在醫院病床，痛苦地等待死亡！

自患病以來，我每晚跪在「慈悲耶穌像」面前，向祂禱告我的痛苦、擔憂、恐懼，細訴心中的所有意念，求祂憐憫。我願意接受祂的安排，但祈求祂賜我康復。聖像的雙眼注視著我，像告訴我祂一切都聽見了，並對我垂憐。每次祈禱後我心頭的擔子便輕了一些、希望多了一些。

開始免疫治療後個多星期,肚痛忽然好像輕了,腹部的拉扯好像少了,這是自出問題以來第一次有好的徵兆。是病有轉機嗎?我不敢相信,也不敢告訴慧玉,怕不是真的,使她受空歡喜的打擊。又怕洩露了天機,破壞好事。

12 月 19 日驗血準備做第三次免疫治療時,陳醫生看見我的肝功能大幅回升,感到有點詭異;此時水腫逐漸退卻,腫瘤亦眼見縮小了,他便淡淡地說:「看來免疫治療對你似乎有效。」

毒瘤由瘋狂地生長至一下子便被大幅消滅,使我能掙脫死神的利爪拾回生命,這確確實實是個神跡。只有全能的神才能做到!這見證了聖經中一句話:

> 在人不可能,但在天主卻不然,
> 因為在天主,一切都是可能的。

（馬爾谷福音 10 章 27 節）

隨後的兩個月,免疫治療繼續有效地消滅剩餘的腫瘤,至 3 月中手已完全摸不到任何硬塊,癌指數由高峰的 5,000 下降至 50,接近正常,胃口及消化能力亦已差不多恢復,我可以再感受到食物的美味。人生是多快樂啊!

醫生見我的進展非常理想,便將治療期由三週延長至四週,後來更延至五週。

第二次襲擊

當我為擊退癌症而感到飄飄然時，第二次襲擊突然來了。在 6 月份肝臟出現了一個新的腫瘤，很明顯它是不怕那神奇的免疫治療藥！這打擊很大，使我十分氣餒。這復發是否由於治療期延長了，我不得而知，但這懷疑使我更難受。奇跡只實現了一半，這麼快便美夢幻滅，生命又懸在線上，我感覺有如已獲赦免的死囚又再被判刑，死亡的陰影籠罩著我，將我打回坐立不安的日子。

我察覺到上幾個月我在漸漸康復時，祈禱卻漸漸少了，有時祈禱又像例行公事，沒有靜下來與主細談。我驚醒了，只有通過祈禱向主傾訴，我才能平服忐忑的心，活好每一天。

醫生選擇用立體影像導向射線治療（SBRT），浸會醫院為我製造了一個模型，固定我的躺下姿勢，又訓練我通過面罩及潛水氣管控制呼吸後，替我做了五次半小時的電療。因模型做得不好，使我在電療過程中雙手麻痺，幾乎做不完電療。電療後，胃口又差了，本就消瘦的身體更加消瘦。但還好，癌指數開始慢慢下跌，我又重踏上康復之路。

第三次襲擊

電療後癌指數一路下跌，至 10 月底已降至正常水準（26 以下），以為已清除所有癌細胞了，但在 11 月指數又回復上升，掃描後發現肺部有新的擴散，是第三次受襲了，為什麼這惡魔總是揮之不去？我受不住，崩潰了。

我應否相信神會又一次救拔我，讓我跨過這關？這樂觀心態對抗癌病有正面作用，但神不是有求必應的，祂是以神的高度及時間，給人最好的東西，而這最好的東西卻往往不是人之所求。那麼，若我求神賜我康復而不得，是否會更難受？

或許應否用另一種心態，不強求神給我什麼；盡力說服自己，接受神的任何安排，即使是最壞的安排，因為神最終是為我好。這樣，既然沒有目標，便不會失望。這邏輯對不對？我不大清楚。

又從另一角度看，去年 11 月時，病況急轉直下，已完全無望了，神卻及時出手在我身上行奇跡，帶我跨越死亡。我為何仍不信祂？不信祂的實在？不信祂對我特別慈愛？我是否要像出埃及的猶太人，總懷疑神，寧願在荒野流浪 40 年？不！我不做無信的人！亦不做小信的人！我要全心全意信賴神，將我的身體交托給祂，堅信祂會緊牽我手，助我與癌症搏鬥，賜我康復。

整理思緒後，決定採取以下心態：

1、　堅信神會攙扶我戰勝這場搏鬥；

2、　不猜測各種可能性，不去擔憂明天，明天是在神的手中；

3、　發揮能力，活好今天，帶給自己及身邊的人正能量和歡
　　樂；

4、　現在活在我身上的已不是我，而是我主耶穌。所以，我
　　要思想像耶穌、說話像耶穌、行為像耶穌；

　　理性分析並不難，但要真正放開內心交托給耶穌實在不
容易。同時，醫生替我換了另一隻免疫治療藥 Atezolizumab，
及加上標靶藥 Avastin。

踏級運動

第四次襲擊

12 月份轉了藥後，癌症再度受控，癌指數又連續下跌幾期，我的心情又回復平靜，更加珍惜生命的每一刻及身邊的人。但在 2019 年 3 月，卻發現雖然癌細胞在肺部的擴散在消失中，但在肝臟曾電過的腫瘤卻大幅度活躍起來。我麻木了，這次還能逃得過嗎？

於 4 月份做了燒融手術，經微創手術插針入肝臟，用電頻把腫瘤燒死。癌指數果然隨後下跌，只是手術後胃口很差，兩個月仍未能恢復。7 月的一天，突然面黃眼黃，肚痛嘔吐，原來是燒融手術燒破了右膽管，使肝臟內累積膽汁成為「膽汁囊」，壓閉了總膽管，要緊急入院做膽管支架手術。支架雖暫時解決了膽管閉塞的問題，但「膽汁囊」的積液需要插喉排出體外尿袋，因肝臟天天不停製造新膽汁，經膽管破口漏入「膽汁囊」，醫生估計這根插在肚皮的排喉，要一世插著！我無法相信及接受這是事實。

其實「膽汁囊」（Biloma）已形成了幾個月，導致我發燒肚痛，要 24 小時注射抗生素 14 天。過了兩星期，排喉淤塞了，要做小手術換上大一號的排喉；沒幾天，又再淤塞，又要做手術換大一號；這樣連續四次淤塞換喉，仍然淤塞！醫生說沒有辦法，便拔去排喉，讓膽液流入肚皮，經插喉遺下的通道流出體外，肚皮上貼了「尿袋」接漏。自此肚裡便

長期積聚著一大灘膽液，用針又抽不出，膽液便霉爛肚皮，從幾個霉出的破口漏出，又要另加「尿袋」接漏。

過了兩個月這樣的煉獄生活，每天只有躺在床上，靠著祈禱、聽聖歌及網上講道過日。身體極度虛弱，食量少得可憐，口腔舌頭潰爛，雙腳水腫，四肢肌肉大量流失，皮包著骨。肚皮的爛肉破口因膽液腐蝕性很強，已擴大至杯口大小，我看著身體一天天地枯萎、潰爛，醫生又沒有辦法醫治，知道死亡不會很遠。見慧玉因全天候服侍我至心力交瘁，在說話中途也會睡著，我內心更痛。在絕望中，我不想再捱下去，不想慧玉再辛苦，我要結束我的生命！有時徹夜不能眠，只想著怎樣可以乾脆的了結自己！但自殺會令慧玉蒙羞，而保護她是我最重要的心願，我的腦袋被撕裂了。我一會兒罵主耶穌，一會兒又求祂憐憫。

這時竟發生肝臟血管破裂，突然肚子劇痛肚瀉。完事後一看，天呀！整個廁缸都是血！醫生替我做緊急手術，從大腿主動脈插入儀器，伸到肝臟，封閉那問題血管。但隨後幾天出血只減緩沒有停止，醫生用紗布裹緊我的上腹部，希望能幫助止血，但除了加重我的痛苦外，沒有作用。他認為可能是封口有問題，于是我又被推入手術室重做封閉血管手術。這次保持了兩天沒疴血，以為已捉到元兇，誰知第三天又大出血及劇烈肚痛，醫生即時趕回來，建議封閉右肝主動脈，一了百了止肝出血！但這手術會廢去右肝大部分功能，我的左肝又早已纖維化，我很可能捱不過關鍵的七天，讓右肝增

生；若不做這手術，我很快便會失血過多死亡。但我知即使手術能止血，這殘破身體亦只會繼續枯萎至死亡，我不想我們再受無止境的痛苦，拒絕了手術，乾脆快點死去算了！五弟和嘉略在旁，都深切了解我長期忍受的身心煎熬及前面的絕路，他們的內心在交戰。慧玉亦不忍我再受痛苦，但更捨不得我走，哭著說：「Jimmy，我求你最後一次，做這手術，以後我再無所求。」為了她，我接受這廢了半邊肝臟的手術，及繼續捱苦。

手術後我的身體更屢弱至不能形容，前後共輸了 20 包血，四肢水腫，無力站立，大小便都在床上，更經常失禁，護士及阿嬸替我潔淨時往往露出厭惡的神色。我亦討厭自己，一生自傲的我竟落得這樣卑賤地苟延殘喘！定是神的眷顧，在 10 月初我竟捱過了封閉肝臟動脈血管的危險期，醫生便對我說：「我沒法醫治你的膽汁囊及肚皮積液，你可以轉到寧養院（意思是去等日子），或到別的醫生處，但估計沒有醫生願接這爛攤子！」

我回到腫瘤科的陳醫生處，他替我換了到期的膽管支架，但亦沒有治療膽汁囊的辦法，只希望身體能自己修補。我在威爾斯醫院住了十來天後，身體竟然有點恢復，體重回升了一公斤，可以下床走幾步！到 10 月中竟然可以出院回家，由「社康護士」每天上門替我清理傷口。踏入家門時，小狗寶兒撲到我腳旁，發狂地搖身擺尾，「嗯嗯」地叫！我熱淚盈

眶，想不到能有回家的一天，在家自由生活與在醫院受罪有天淵之別！我衷心感謝神。

回家已五個多月，每天都要經歷一番洗傷口攃膿的痛楚，雖然多次因膽管閉塞及傷口感染要入院治療，但身體總算好了一些，傷口也已縮小，雙腿長了一些肌肉，可以到附近河邊散步，與親朋好友在會所打桌球。偏偏這時又遇上香港受肺炎疫症威脅，社康護士大減家訪次數。「蜀中無大將，廖化作先鋒」，慧玉——我的萬能太太，便接了社康護士的任務，每天小心翼翼地替我護理傷口。要戴上消毒手套，用消毒器具清洗傷口、按膿、碘酒消毒，蓋上消毒銀片、吸水海草片和各形狀的吸水紗布，或噴上皮膚保護膜，裁剪底板，塗上「豬油糕」，貼上接漏袋。因膽汁是永無止境地漏出，兩個傷口就是永不癒合的膿瘡，我們像希臘神話中的西西弗斯（Sisyphus），被罰要推大石上山，但每天只能推到半山，大石便滾回山下，明天又要重複這永不能成功的工作。

不知我可以在這狀態撐多久，醫生估計情況只會愈來愈差，我不敢想像明天會如何，我要轉換思維，要認識到我本早已死去，沒有今天，今天是神給我的額外恩賜，雖然障礙多多，但仍可活得有意義。我把一切交給神，由祂帶領，活好今天，或許祂會再給我奇跡。

（完稿於 2020 年 2 月 24 日）

在癌病復發及康復期中，身體非常虛弱，不得不放棄很多運動和社交，生活受限制。又因胃口差，營養不好，要重拾健康並不容易。我要在能力範圍內，做適量運動，及過有意義的生活。

第八章

康復中的生活

烏蛟騰

今天天氣清涼乾爽，我感覺充滿能量，忽然想帶慧玉去行山。從郊遊書籍及網上地圖找到一條在烏蛟騰較短的路線，可開車直至山腳，有小徑通往 250 米高的小山頂。

開車半小時便抵達烏蛟騰田心村，問過在小巴站候車的行山客，便找到那條沿著山溪的林蔭小徑，準備上山。誰知一隻大黃牛正攔在路上吃草，路的一旁是田邊帶蒺藜的鐵線，另一旁是一條小溪，我們無法越過。牠見我們走近，眼神表示不大喜歡，雖然沒有咆哮，但牠頭上的雙角又大又尖，可不好惹，我們只好站在遠處等著。還好，沒多久牠吃完那堆嫩草，便到別的地方找草吃，把路讓給了我們。

開始的一段路走得很寫意，路不陡峭，流水淙淙，鳥歌蝶舞，確是好地方。過了小溪後，路愈行愈斜，間中還有被颱風山竹吹倒的小樹攔路。走了一段路後，小徑已全部是梯級了，用山石砌成，高高低低，走起來比較吃力。慧玉漸漸落在我後面，我便放慢一點，但她仍未能趕上來。後來，她開始感到頭暈，那只好坐在路邊的大石休息，幸好這山頭樹木茂密，處處林蔭。

我很希望能走上山頂，鳥瞰山下南涌的漁塘，於是獨個兒繼續走。我加快地走，轉了幾個山坳，滿身大汗，但樹林遮蔽，仍看不見山頂還有多遠。我開始擔心慧玉的安全，只

好回頭找她。她休息過後沒頭暈了，我們便輕步下山，哼著小曲，涼風拂面，十分舒暢。大黃牛亦沒再一夫當關了。

　　雖然今天未能登上山頂，但已是我們行山的一個好開始。

颱風山竹過後

（完稿於 2018 年 10 月 29 日）

啞鈴十八式

在這癌症治療期間，因消化能力受疾病及藥物影響，食量十分有限，體重減了十公斤，體力亦下降了。為了強壯身體，增加自身的免疫力，理應多做運動。出外緩步跑怕雨淋日曬，到健身室運動又容易汗濕著涼，於是到網上找到一啞鈴體操的示範片段，動作多樣化，有「蝴蝶拍翼」、「跨步下蹲」、「提腿舉鈴」等等，共 18 招式，四肢及軀體都需要工作，同時鍛煉心肺及全身的肌肉，看來對我很合適。

我每週做二至三次，隨著電腦播放的六十年代音樂，先做一輪熱身，然後每式做 15 至 30 次，一式完了後便略休息半分鐘，抹抹汗水或喝杯清水，再做另一式。整套運動約花 45 分鐘，做完後四肢相當疲累，但精神卻感覺舒暢。

2018 年 11 月 2 日

今天一算，已做了啞鈴十八式個半月，四肢及腰部的核心肌肉開始結實了，大腿猶為明顯，每次坐下時，雙手可以摸到起角的大腿肌肉，心裡泛起一陣滿意的感受。

身體既然上了力，便想試試跑步，已一年多未跑過了。我住的屋苑有個很大的後花園，緩跑徑一圈剛好 200 米，差不多全程都在樹蔭下，不怕日曬。今天天氣清涼而風又不大，便著上運動鞋，穿上短褲、長袖 T 恤及外套，帶了開水及短袖 T 恤，往花園去。

花園沒有人，只有幾隻斑鳩在草地上覓食。我將東西放在燒烤場的餐桌上，脫去外套，開始急步行作為熱身。三圈過後，我換上短袖 T 恤，以最慢的速度起跑，經驗告訴我，起步愈慢便能跑得愈遠。緩跑徑是依著地形有上落坡，跑起來有少許困難，以往我一口氣只能跑兩個圈，今天我不設目標，走著瞧吧！完成一圈了，感覺良好。第二圈亦是很慢地跑，亦輕鬆地完成了。第三圈時因為已跑順了，不自覺地加快了一點，這時我亦為自己的良好體能高興，更有信心了。於是繼續又多跑一圈，創下一口氣四圈的紀錄！這八百米的路程對一般人當然不值一提，但於我已是一大進步，能有今天的良好表現完全是「啞鈴十八式」的功勞。

我繼續保持每週兩次啞鈴體操，體力亦持續進步。最初我用三磅啞鈴做「蝴蝶拍翼」，只能連續做十次，現在卻可以用五磅啞鈴，一口氣做二十多次。實實在在覺得全身充滿力量、充滿自信。

2019 年 1 月 19 日

這是我自患病以來第一次出賽草地滾球，慧玉陪著我開車到上水站接了關 Sir、Allan 及建華回青山發電廠。踏入球場立即感受到熱烈的比賽氣氛，兩隊客隊及我們兩隊共 36 名球員，穿著鮮明的球衣，在場邊磨刀霍霍。好幾個中電的隊友過來向我問候，達哥說今天壓草機壞了，沒有壓草，場地會是重上加重！阿潘更關心說：「Jimmy，不用搏命，假如草太重的話就讓球短了便算。」

我搬了一張膠椅放在球道尾的樹蔭下，讓慧玉可以舒適地觀看球賽。我們的對手是海關隊，球員都是高大威猛，重地看來不會難到他們。試球時大家都感受到未經壓草的青山電廠球場的黏力，海關的球大部分都未能越過目標白球。我先讓身體熱身，只輕輕的滾了幾球，遠遠未到目標，慧玉在旁看得有點擔憂。正式比賽了，海關先發球，他們覺得在氣力上佔優，便將目標白球放在最遠的位置。但他們無法打近目標，反而我的三隻球全在目標附近，先取三分。賽至中途，達哥走過來問慧玉：「Jimmy能應付嗎？」他有這疑問是因為我以前打重場時，曾經扭傷腰部。慧玉笑著回答：「他打得再好也沒有了！」結果雖然打得吃力，我們卻大勝一仗。更重要的是，我克服了主場的困難，到夏季聯賽來臨時，我可以做正選經常出賽了。

　　自練習啞鈴十八式後，我的精神、體力及自信都提高了，生活豐富了。感謝神的引導及祂賜給我的毅力。

（完稿於 2019 年 2 月 2 日）

越洋友情

「千里送鵝毛，物輕情義重。」

如果朋友專程從澳洲飛來香港探望你，並為你手提上飛機五公斤剛在葡萄園摘下來的三款提子和自家種的無花果，這份情義何等珍貴！

八零年代初期，世界石油危機已過，香港經濟起飛，百業興旺，我的工程同行們都水漲船高，飛黃騰達。而我卻陷在海洋公園這娛樂機構，前途有限。於是提起決心，轉回舊公司中華電力，在發電工程部當一份較低的職位。郭備（Kirby）是我和雷文的上司，他是澳洲人。他與其他從海外聘來的同事都在工作團隊的上層，而我與大部分本地人是在團隊的中下層。雖華洋有別，階級不同，郭備卻是完全沒有架子，與我們華人在工作上及工餘時交往十分融洽。記得在尖東大勝輸電工程部那役籃球比賽，至今大家還津津樂道。

有一天，他對我及雷文說：「青山電廠工程已進入忙碌階段，電力設計工作將分為系統及轉機兩部分，你們想做哪部分？」

雷文首先表示喜歡系統。其實我亦是，但不想與雷文相爭，怕傷團隊和氣，只好說：「其實我亦喜歡系統，但既然雷文要了，我便做轉機吧！不過，我希望將來有機會接觸系統，可學多點東西。」

郭備便下決定說：「現就這樣安排，一年後調換位置。」

我沒想過真的可以調換工作，因工作做熟了再調換會比較麻煩。時間過得很快，又有一天，郭備對我們說：「從明天開始，你倆便調換工作吧！」原來他真的沒忘以前的許諾，寧願自己麻煩一點，讓我及雷文均可增廣知識。郭備與我共事四年後，便離開香港回到他的澳洲老家繼續前程。雖然天各一方，每年的聖誕咭是從不缺少。

記得在九零年代初他攜眷訪港，碰巧他的女兒和我的兒子都正在學習網球，我們便在青衣電廠來了一場「郭／林」雙打比賽。又過了幾年，我已進駐大亞灣核電廠，住在專家村，週五晚回港在尖沙咀馬哥孛羅酒店與他們夫婦會面，卻因誤會了地點大家捉了一小時迷藏。

進入了千禧年代後，他的兒女漸漸長大自立，郭備給我的年度滑雪明信片便加入了一項邀請，希望我們到珀斯旅遊並住在他的家。我婉拒了十多年，收了明信片又懶得回，欠下他不少情意債。終於在 2015 年，我和慧玉飛去澳洲珀斯。

闊別了 18 年，在入境大堂我幾乎認不出他！胖了些，頭髮亦稀疏了，不知我在他看來是否亦變了不少？他太太瑪利亞十分好客及容易親近，與慧玉一見如故，使我們這聚會更添親切。他們的後花園種滿果樹，令我感到最興奮的是那株果實纍纍的無花果，我和慧玉揀了柔軟如少女酥胸的果子，即時剝去青綠色薄薄的果皮，啖著鮮甜粉紅色的果肉，一生難忘。

摘食無花果

　　他們有度假屋在珀斯南面 250 公里的 Geographe Bay。沿途見海獅在湖上嬉戲，袋鼠在田野跑跳，大自然風光真使人舒暢。抵埗時已近黃昏，在柔和的陽光下我們漫步沙灘，晚餐於 Busselton Jetty 號稱「世界第一」的牛扒餐廳。在這裡漆黑清朗的海邊，我認識了南半球的導航星座——南十字星。

　　第二天，我們在路邊採摘無花果，到 Margaret River 葡萄園午餐，Moses Rock 觀看刺激的風箏滑浪。這次珀斯旅行除了欣賞到西澳洲的風光外，最大的收穫是與郭備夫婦暢快的談天說地。分別 18 年，見面時談話仍可毫無拘束，隨著心意，由舊事談到現在、由社會談到家庭、由神談到生命意義，這才是好朋友。

　　去年郭備夫婦知道我患病後，於 6 月來港探望我，給我打氣。我身體虛弱，沒有陪他們逛地方，只在九龍酒店晚飯相聚，三小時的談話都是圍繞著我怎樣與癌症搏鬥，及神怎

樣奇跡地把我從鬼門關救贖回來。他們希望能看到我出版的《與癌症搏鬥》的英文版，但翻譯一本書要花好大氣力，或許在出版《與癌症搏鬥——續集》時，我會加上英文。除了出版續集外，我希望可以在康復後到馬爾代夫浮潛。

　　誰知說去馬爾代夫還沒兩天，癌症卻接二連三地復發。今天，他們第二次專程來港探望我。在上水站我見他們別來無恙，但手中卻挽著一抽一袋的，還有背囊！回到家裡打開一看，是一盒從他們後園摘下的無花果，一大盒從瑪利亞妹妹的葡萄園摘來的三款提子，一支 Margaret River 的 Pinot Noir 紅酒，兩包珀斯朱古力榛子餅，一盒澳洲朱古力堅果，一瓶 emu oil，及一樽木瓜油，全是我們喜歡的澳洲土產。幸好不是牛油果季節，否則還要加上十個他們後園種的牛油果。

　　他們很欣賞奕翠園的寧靜環境，空氣清新，窗外處處皆綠。是的，這是神給我幾個大恩寵之一。他倆均是屬靈的人，又知識廣闊，我們時談舊事，時談世界，天南地北，毫無拘束，很快已近黃昏。我們便開車到林村許願樹，原來的老許願樹不堪長年被遊人糟蹋，已將許願的權柄交給了一棵年輕的樹，真是「美人自古如名將，不許人間見白頭」。許願樹旁有一間庭園餐廳，以 30 安士有骨西冷扒著名，我們坐在荷花池旁，聽流水淙淙，嘗紅酒牛扒，談笑不知時，今天真是有意義。但天下無不散筵席，我不捨之餘，亦要在粉嶺站與他們道別。

我對郭備並沒有什麼恩典，亦沒有為他們付出過什麼，怎堪當他兩次專程從澳洲飛來香港探望我？況且，澳洲是沒有退休年齡，他還是在全職工作，卻把珍貴的假期奉獻給我，還手提這麼多容易砸壞的鮮果上飛機，只為給我鼓勵。每想及此，怎可不盡力活好每一天，奮勇抗癌！我要緊記做恆常的啞鈴體操，小心衣著飲食，活好今天，將明天交給神，保持正面心態與癌症搏鬥，以報答來自澳洲的情義。

（完稿於 2019 年 2 月 26 日）

柏斯 Perth

越洋友誼

梧桐河畔

今天風和日麗,氣溫23度,正合我們帶小狗到河邊散步。

奕翠園可說是獨得天厚,出了側門便有小徑穿過荒田,走50米已到梧桐河了。對岸有一條用來維修河道的小馬路,平常沒有車輛,只有鄉民出入,最宜攜犬散步。這段河寬五十多米,長兩公里多,大橋正好在中間。橋下往往有兩三釣客,與大群在水中隱約可見的金山鯽較量,雙方是在遊戲,因釣客總把到手的魚兒放回河裡。我們過了橋轉左,沿著小馬路往羅湖方向走。放下嬌寵慣的小貴婦寶兒,讓牠自由活動。但牠總在我們腳邊走,不會走遠,就像個兩三歲孩童,緊貼著父母。牠還有個不知何解的習慣,就是一定要走在我們的右邊!於是我們亦靠著路的右邊走,護著牠免被間有經過的單車踫到。

小馬路就在河堤上,左面是一覽無遺的河道,右面是田園山野。沿路的右邊還種有茂盛的桉樹及榕樹,因此雀鳥很多,最常見的是紅耳鵯,牠的歌聲清脆悅耳,是鳥中的鄧麗君;黑領椋鳥喜歡聚成一群,嘈吵如墟市。八哥總愛站在掛空的電線上,牠們飛起來時便展示黑翼下的大白點,很易辨認。我們行了沒多久,忽然,兩隻體形比較大的黑鳥帶著「噗!噗!」的拍翼聲從身旁的林中竄出,就在我面前掠過,

梧桐河，上水

堤坡羊

梧桐河與華山

漫步河畔

給了我們小小驚嚇！過了一會傳來響亮刺耳的啼聲，原來那是一對愛在春夏間啼叫的噪鵑。

　　河堤有五米高，解決了建堤前年年水淹菜田的問題。長滿青草的堤坡相當陡峭，卻難不了羊兒在這裡大快朵頤，吃牠們的免費午餐，同時亦幫了剪草工人們一個大忙。但羊群更喜歡在山邊吃草，或許那裡的草更為幼嫩。青綠的小坡上點綴著黑白相間的山羊，就是大自然送給我們的一幅美麗圖畫。

我們走過路邊的涼亭，見路人種下的幾株杜鵑開得正盛，萬紫千紅，如人的壯年。再走一會便來到薑花田，若是在夏秋季節，老遠早已聞到那清新的芳香，但現在白花未開，只見一片綠色的花田；薑花喜歡聚生，這片比籃球場還大的野花田或許是以前的農夫遺下的，現在雖然沒人打理，但團結就是力量，它們緊靠在一起，別的植物無法入侵。

　　一會兒傳來圓潤的簫聲，只見一身著粗衣的中年漢子，拿著六孔洞簫，獨坐在榕樹下；簫聲典雅，悠然自得，像看透了俗世繁囂，在此與大自然對話。再走一會，又見一高雅女士，戴著闊邊帽，面向華山及山腳的村莊，全神貫注地在畫板上著色。我們輕步繞過，不敢打擾她的畫意。

　　我和寶兒正在前面走，慧玉在後面。忽然她趕上來，彎下腰抱起寶兒！原來前面很遠跑來兩隻無人看管的鄉村唐狗！牠們眼甘甘望著寶兒，像要算算入侵牠們地盤的賬。

　　走了一公里便到文錦渡路，已是小馬路的盡頭，於是我們便回頭走，仍是靠著路的右邊，即貼著河邊走，河上及對岸的風光更全覽入目了。來時滿目花樹田野，回頭卻是碧水藍天。

　　梧桐河的源頭是在八仙嶺郊野公園，流經的地方人煙不多，所以河水比較清澈。河堤及河床是用空心磚砌成，是一條活生生有草有魚的河，引來不少水鳥棲息。最常見的是小白鷺，全白羽毛，黑腳黑喙，喜在淺水中覓魚為食。牛背鷺

亦是全身皆白，只是個子稍小一點、黃喙及愛吃草地上的昆蟲。池鷺喜歡立在樹頂呈現紅黑羽毛，但在飛翔時只見白色，與小白鷺不易分辨。

翠鳥（即釣魚郎）要很留神才能見到，因牠身形較小，貼在水面飛得特別快，往往只見一束藍光掠水而過。白脊鶺雖然與翠鳥差不多大小，但牠的一高一低像跳慢舞的飛翔姿勢，一定能吸引你的目光。最令我們興奮的一次是看見鸕鷀降落梧桐河！鸕鷀是會替漁夫在河裡捉魚的大鳥，見牠在河的上空盤旋了一會，然後依著河道的中線，張開巨大的雙翼，像珍寶飛機慢慢下降，觸及水面時，那雙帶蹼的爪在水面急步跑，直至衝力和緩，便收起雙翼，像鴨子似的浮在水上。我們在驚讚牠的美姿時，見牠數度潛入水中，又從別的地方鑽出來，不知有沒有捉到魚兒。不久，只見河上水花四濺，加上沉雄的拍翼聲，牠有如飛機在跑道中展開衝刺，在河面上跑起來，漸漸地、優雅地，升空飛走了！

回到橋頭已不知過了多久，寶兒累到伸舌喘氣，我和慧玉卻精神爽利，大自然滋潤了我們。多美的桂林山水、杭州西湖、長江三峽，都不及我家旁的梧桐河！

（完稿於 2019 年 5 月 3 日）

第九章

生命的意義

我的信仰歷程

信仰是很奇妙的事，神父、牧師言之鑿鑿，不信者則嗤之以鼻，我只想回顧我走過的歷程。

我於孩童時已聽到主的呼喚，當年粉嶺天主堂派麵條，又教唸聖母經，我每次經過時都覺裡面充滿神聖，不敢擅進。及至我漂洋到新加坡工作，覺得需要神的保護，便帶上十字架頸鍊，以求安心。但隨後 30 年，碰到問題都是自己面對，不曉得倚靠神，走了很多彎路。

粉嶺天主堂

慕道領洗

及至 1999 年，腰傷頻密，看了多個專科醫生，治療了一年未見效果，更引起了抑鬱症，日子很不好過，唯有尋求神。於是跑到粉嶺天主堂，由導師郭 Sir 帶著我和「心園」各兄弟姊妹開始慕道，關神父亦間中給我指導，2002 年領了洗。我一心嚮往神，買了很多教理書本，努力學習，但看舊約只感覺如看歷史故事，新約又看不明白，只有福音書對我產生很大影響。耶穌的說話和為人，深入我心。我的生活態度開始改變，比從前較容易寬恕別人，雖然仍厭惡曾害我的人，但心裡已沒有憤恨，亦較容易出錢出力幫助朋友。我相信我所擁有的東西，並不真正屬於我，只是神委託我去管理；善用則愈多，吝嗇則愈少。亦深信神期望我們與別人分享祂的恩賜。

但我對神的信心不足。2003 年「沙士」疫症期間，感覺異常不安，引致抑鬱重臨，捱了一段辛苦的日子。

我很熱心「心園」的團契活動，又加入了讀經組，在彌撒中讀經，感到榮幸，因可做神的傳聲筒，將神的話語傳神地轉告教眾。後來心園的弟兄姊妹一個又一個地搬到別處，團契便散了，我們倆夫婦只是逢星期日去望彌撒，漸漸離開了神。知道這情況不妥，我便加入理事會，協助堂區事務，希望多接觸神父和修女，藉此靠近神。但堂區神父只關心俗世事務，我沒能在屬靈方面有所進步。

努力尋神

後來腰痛及抑鬱重臨，心靈上非常需要神，於是在網上聽講道及人生哲理，例如 Rick Warren，Wayne Dyer 等等。又報讀佛學，我並非捨棄耶穌轉信佛教，而是想多明白人生哲理，怎樣才可安祥？怎樣才可快樂？應是我天生的性格、自幼受的思想及工作經驗等因素，融合出一個完美主義的我，凡事喜歡分析，想清楚瞭解事情及掌控一切，但健康是不能掌控的，於是抑鬱便生。如是這般，身體更屢弱。到 2015 年，因早上鼻敏感嚴重，連主日彌撒都經常錯過。心雖然很想接近神，但實際上離神更加遠了。我曾在同學中推動成立了團契，但因人數少，又兩個月才聚會一次，效果有限。

神顯奇跡

我第一次與耶穌眼望眼，是在 2017 年我被確診四期癌症後，當時醫生已判了我死刑，我麻木地活著，感覺有千斤擔壓著我。關神父建議我向「慈悲耶穌」祈禱，我立刻買了「慈悲耶穌」像，每晚跪在祂面前祈禱，向祂傾訴心中的苦悶和絕望，哀求祂賜我奇跡。我已走投無路，神是我的唯一倚靠。我覺得耶穌的眼睛看著我，像明白我，憐憫我，減輕了我膊上的擔子。艱難的日子就一天一天這樣過。過了不久，奇跡竟然出現，腫瘤漸漸縮小！我深信是神在我身上顯大能，給了我第二次生命。

幾個月後，我覺得腫瘤已消失了，一切都很順利，自覺有了能力，便忘記了神，祈禱疏懶了。我很快被警醒，宣告神跡的書還未印好，腫瘤已復發，將我打回深淵。此後，我每晚跪在「慈悲耶穌」前祈禱不敢再停了。神又眷顧我，讓我漸漸康復。但我真的是冥頑不靈，當病況轉好，祈禱又淪為例行工作，而不是與神的心底對話。神決定給我最嚴厲的警告。

神的呼喝

2019 年 7 月，比死還可怕的惡夢來了。一個小手術的失誤，引發嚴重的併發症，肚子劇痛，吃不下東西，失眠，體重直線下降，身體每天在枯萎。醫生替我做了多次手術，把我從死神的手奪回來，但始終沒法醫治我的疾病。

關神父說：「不明白為什麼你一個大好人會有這遭遇，上主讓這發生，是有我們不懂的意義。譬如耶穌受苦難使世人得救，你的苦難亦會有身邊人得益，不是白受。既然看不見前路，便要交託給神，你一向固執不懂交託，現在就要學習。」

我必須學習交託，因實在沒有別的路。這病老纏擾我，說不定就是神要我藉此學習交託給祂！

9 月底，原來的醫生放棄醫治我，但神卻沒有放棄我！我轉到威爾斯醫院後，還未開始治療，身體已有好轉的跡象，10 月中竟然可以回家治療！雖然病情仍然非常嚴重，能否康

復要看天命，但我看見了曙光！神又一次賜我活命，在我身上顯大能！為什麼我還不交託給祂？為什麼我還提心吊膽地過日子？我要拋掉懷疑的心態，要完全相信神的帶領，將一切未知的事交託給祂。這相信並非盲信，而是神已實實在在兩度在我身上顯奇跡，在死亡邊緣救贖我回來，但又不讓我完全康復！就是要我學會完全信靠祂，待我做到真正信靠神時，這病才會完全康復。

我信什麼

世界萬物太奇異地配合，不可能是隨機無中生有，必定是大能的神所創造。神超越我們，不能用科學直接証實，但間接証明是多不勝數。我信神創造天地萬物，耶穌就是神，祂以人的身份展示神的品性，給我們榜樣，讓我們好學習跟隨。

信仰不是簡單的信與不信的一回事，信了亦會有信心薄弱時。我入教 20 年，經歷多次對神的懷疑，質疑神是不是一個自我安慰的騙局！但我從沒有離開祂，總想辦法去了解祂、接近祂。但因為神的浩翰，超越時空，我們無法完全了解祂。我不能停留在猶疑中，我正在用力跳過去（Leap of faith），全心投靠祂。

信神是一回事，與神的關係是另一回事。只有與神有親密關係，才能心有所依，就如孩子與父親親密，自然信賴父親會帶他走最合適的路。關係愈密，愈能交託。我每天透過

祈禱與神溝通，告訴神我的心事，靜聽祂的話，藉此保持與神親密的關係。

我信神創造我的目的，是想我活出耶穌的精神生命，就是信賴祂、愛別人和愛自己。神賜給了我知識、能力和財富，叫我善用。凡我發揮上天所賜，造福別人，做好自己，祂便得榮耀。

在現今困難的日子裡，我把身體交給祂，求祂並相信祂會帶領我走好每一天；即使祂認為我在塵世的任務已完成，明天便要回天家，我亦願意接受，因為祂是創造我的神。今天及兩年多來的日子都是祂白白賞給我的，我為此感恩。我要從口說的信仰，進入內在的信仰；堅忍面對困難，按祂的旨意去活好每一天；藉著見証，讓人看見神恩。這是神給我現下的任務，是賜我奇跡的原因。

（完稿於 2020 年 4 月 1 日）

生命的意義

　　人一生做過無數的事，有些會令人當時興奮，例如美食、賺錢、比賽勝利等等，但日後並不覺得是什麼。但有些卻能令人回味，覺得有意義，豐富了生命。其實，除了吃喝玩樂可帶來快樂外，發揮自我亦會帶給人內心快樂，神賜給每人能力和資源，是想人善而用之，使自己和別人都得到快樂。因每人的天賦、環境及年齡不同，各人的人生意義亦會差異。總括言之，人應該認識自己活著是為什麼，為此發揮自己，從而帶給別人益處，這便是人生的意義。

　　在香港這城市社會，一般人日常會為很多事情忙碌，被世俗事務牽著走，無暇細想其意義。但對癌症或重病的人，因生命日子的不確定，會特別珍惜每一天，希望每一天都活得有意義，沒有白費。在這段半殘障的日子，寫這本書便給了我生命的意義。

　　我回望一生，做得不好的事當然很多，但有些事情自覺是有些意義，沒枉費神所賜，使我覺得此生沒有白過。懷著播好種籽會結出好果實的心態，我厚顏作出以下簡述：

1. 完成學業

　　考入香港大學，獲取獎學金，完成學位，使父母驕傲。

2. 往新加坡工作

大學畢業後，因家境拮据，父親已沒有工作，四弟、五弟還在唸書，我為了較高薪酬遠赴新加坡工作，開始了自己的事業，並每月匯錢回家幫補家計。

3. 提拔維修部人員

在新加坡主管電氣維修部時，發現部門有多個空缺，而隊伍中亦有很多能幹的電工及學徒，久未提升。於是安排各級考試，讓有能力的人獲得升職，體現了公義。

4. 裝修白屋仔

父母住的白屋仔，無水無廁。當我在中電上水區時，利用工作便利，替房子裝了自來水、熱水爐及廁所，後來又鋪上膠地板，使全屋乾淨明亮，讓父母生活較為方便舒適。

5. 纜車管理

1975 年成為海洋公園纜車總監，從零開始，建立纜車部，負責纜車的安全運行。這是香港首個纜車系統，且速度及載客量為當時世界之最，工作挑戰非常大。我發揮了上主賜給我的能力，建立了安全的運行制度，纜車至今仍在安全服務。

6. 纜車員工升級

纜車部有五十多名員工，因都是同期聘入的年輕人，過了好幾年都沒有人有機會升職。為了獎賞能者，我增開了三個職位級別，讓表現好的同事可獲升職。

7. 進修 MBA

當纜車管理上了軌道後，為了前途，我報讀了香港大學的校外課程——管理學文憑。完成文憑後再進一步讀工商管理碩士（MBA），達成第二個學位的心願，替自己的將來打好基礎，是日後在中電三次升職的部分因素。

8. 重返中電

唸 MBA 時開闊了眼界，醒覺到我若留在海洋公園長期工作，是沒有前途的。於是在 1981 年決定捨棄纜車總監的高位，重投中電。這回頭路開始時很痛苦，但日後証明，這是我一生事業中最明智及最重要的抉擇。

9. 升為中電高級職員

1985 年時青山電廠出現一個高級職員空缺，有 15 人競逐，其中有些人的工作能力看來比我強，但竟然給我僥倖獲得！這是我在事業中跨出最關鍵的一步。感謝神！

10. 兒子入喇沙

八九天安門事件後，香港人移民潮達到高峰，名校在學期之中亦出現空缺，我便碰碰運氣，為嘉略去信喇沙小學，竟然獲得接見及取錄。我更進一步，藉此機會把倬雲亦轉入了喇沙。這是一大妙著，因由喇沙小學直升上喇沙中學並不困難，基本上我已替他們兩兄弟的學業舖好大路，是父母能送給兒子最好的禮物。

11. 教兒子網球

1989 年張德培創紀錄奪得法國公開賽錦標，提醒了我讓倬雲和嘉略學網球。網球本身是有趣的運動，又是非常有用的社交工具。他倆如果打得一手好網球，對他們將來的社交會有很大幫助。我就是在網球場上結識了貴人，使事業更進一步。於是便請教練教他們網球，網球從此成為他們的心愛運動。

12. 雨傘

我們一家四口在瑞士 Interlaken，乘搭齒輪小火車，到小山頂欣賞風景。雖是盛夏，山上仍覺陰風陣陣，素來體弱的倬雲便覺肚痛。看罷迷霧中掛著鈴的牛，天竟下起雨來。我們在露天餐廳等了好一會兒，雨仍未停，但下山火車快要開了。餐廳離車站有三百米，我不能讓倬雲弄濕衣衫，不及細想，隨手拿了餐廳的太陽傘，護送家人到車站，跑回餐廳還傘，再跑回來趕火車，當我上氣不接下氣跳上梯級進入車廂時，很多人在拍掌，讚我對兒子的愛及有公德心。

瑞士 Interlaken 1988

13. 組織滾球隊

1989 年青衣電廠新建成草地滾球場，我亦剛調任至此。因我有滾球經驗，便負責教球及組織球隊。我帶著球隊參加公開聯賽，員工們非常熱衷此玩意，滾球成為了大家的第一娛樂。多人一直打了二十多年，到今天還樂此不疲。

14. 勇闖大亞灣

為前途，我離開了舒適安逸的青衣電廠職位，冒各種艱難及風險跑到大亞灣核電廠工作，還要住在工地。起初四處碰壁，很不開心，後來適應環境後，便得到機會好好的發揮了自己，感到滿足。亦為能在中國崛起上獻出微力而感到驕傲。

15. 承包商營地項目

藉著項目經理的權柄，我以公正嚴明的處事態度，及累積得來的工程常識，改革了公司一些管理上的陋習，優質地完成承包商營地項目，發揮了上主賜給我的能力。

16. 與慧玉快樂生活

認識慧玉後，也沒多大考慮，便向前衝。得她垂青及一起快樂地生活後，才知這是神給我一生中最寶貴的恩賜。我們是天造地設的一對，互相欣賞、配合、尊重，為擁有對方而驕傲。她是「出得廳堂，入得廚房」的好主人，與我的朋友打成一片，豐富了我的社交。我慶幸曉得珍惜這份情緣。

希臘 Santorini

沙田婚姻註册署

17. 與慧玉結婚

　　既情投意合，結婚是最合理不過的事。但當時我思想保守，為保持主動權，不想正式結婚。後來神給我啟示，我如夢初醒，豁然明白，我若不踏出這步，在關係上始終不順。於是在 2002 年與慧玉結婚，婚後相互的關係和感情更加穩固，合乎倫理。感謝神！

18. 供韻怡澳洲讀書

　　與慧玉相識起初幾年，她的女兒韻怡對我很有敵意，從不給我好面色，我只好逆來順受。剛巧這時她想去澳洲唸設計，我便在財政上給她支持。後來她畢業後，回港投身設計行業，安穩地自立了。

19. 助韻怡買居屋

　　千禧年初，香港樓市負資產處處，政府宣佈停建居屋，並推出最後一次的抽簽售賣。我見機不可失，叫倬雲、嘉略及韻怡都入紙申請。倬雲及嘉略抽得尾簽，是交通很不便的屯門，他們亦不想搬出自住，都放棄了揀樓。韻怡卻抽得好簽，揀了買黃大仙區的嘉峰台，我便替她付了首期，她自己繼續以後供款。現今十年已過，香港樓市以倍數上升，大部分人為捱貴租貴樓叫苦，而韻怡卻可以在九龍市區安居樂業。

20. 維持珍貴友誼

我是在中電荃灣區認識 KK，後來亦介紹了他到海洋公園接替我的地盤工程師工作；阿佳是我在上水區時的死黨；阿強則是纜車部的管工，對我非常忠心。我們四人性格相近，心無城府，互相關照。我經常安排打麻雀、賭馬及晚飯，讓大家保持聯絡，由海洋公園打到美孚、粉嶺中心及奕翠園，幾十年來如一日。我為能長期維繫著這珍貴的友誼而高興。

21. 兄弟和睦

雖然四兄弟性格不同，但能和睦相處，經常見面，一同探父母、打麻雀、網球、乒乓球、籃球和桌球。有困難時互相幫助，大家坦誠相處，沒有計算，是難得的好兄弟。

22. 做主門徒

我性格自傲自信，以為自己有能力應付一切，受長期腰患困擾後，才曉得尋主幫助，在粉嶺天主堂慕道領洗。信主後，深明我只是名下資源的管理人，並不是主人，分享才是樂趣。自問已盡力奉主道做人。我為成為主的忠實門徒而驕傲。

23. 心園團契

導師郭 Sir 組織了心園團契，使大家研經之餘，有生活分享及各種團體活動，增進友誼。神恩賜了我和慧玉豐富的物質資源及組織能力，我們在心園發揮了很大的作用，安排了

很多康樂活動。例如燒烤、學太極、打網球、打麻雀、開聖誕晚會及遊船河等等。慧玉又有聆聽能力及同理心，常能助團員面對困難。這段日子過得很豐盛。

24. 彌撒讀經

那時，彌撒中的讀經水準較差，生硬直讀，毫無語氣，有時竟然讀白字，看來讀經員事前毫無準備，大家都覺得這影響了彌撒的氣氛。於是我自告奮勇，請纓上台讀經，盡我力量把經文順暢地用合適語氣讀出，令讀經煥然一新。由於有了比較，其他的讀經員便一改頹風，亦都作了改進，使彌撒讀經提高了一個層次，教眾望彌撒更加投入。

25. 兒童村補習

寶血兒童村是問題家庭的女孩的避難所，由寶血修院管理，八十個宿生住十間家舍屋，每家舍有姐姐代為家長。我和慧玉退休後便到兒童村替女孩們補習，每週兩次，每次兩小時。於是，一幹便十年。感謝主給我們機會做這有意義的事。

26. 助 A 君兒子讀大學

好友 A 君不幸染上網上賭博惡習，輸光退休積蓄，還欠下不少卡數，房子按揭還未完，兒子又剛要上大學。他陷入絕境。當時正值金融海嘯，我的財政亦十分緊絀，但又不能不理朋友，最後我決定不理他的賭債，但答應供他兒子四年

彌撒讀經

大學的學費及食宿費，直接匯錢給他兒子。後來，他站穩了，兒子亦畢業了，並償還了部分援助。

27. 助 B 君脫離驚恐症

好友 B 君遇上連串災難。首先被教堂當權者排擠，失去了心靈依傍；又得了驚恐症，失去僅可糊口的工作，而他的父兄卻認為他是懶惰，不予援手。我做了他的聆聽者，並與他分享我的抑鬱經歷。後來我深入瞭解他的債務，並給他一筆現金，足夠他償還咭數及六個月的生活費，讓他有時間找工作。後來他的驚恐症過了，找到合適工作，亦找到女朋友，回復正常生活。我為能與別人分享主的恩賜而高興。

28. 組織 QES 台灣郵輪行

在 2009 年，大部分伊利沙伯中學（QES）同學已退休，大家希望在 2010 年來一次 45 週年紀念旅行，我覺得郵輪旅行最合適，一來輕鬆寫意，二來船上有很多機會邊玩邊談。剛巧公主郵輪開發了「香港／高雄／花蓮／臺北／香港」航綫，也不用飛到別的城市上船。慧玉有豐富旅遊知識，我有組織能力及郵輪經驗，環望各同學，我覺得總體上我是組織這次旅遊的最合適人選，便自告奮勇，主動去辦。準備了近一年，有近 40 人參加，有些從美加回來，大家歡暢聚首。郵輪後在警官俱樂部的 45 週年晚宴，有 65 人參加。自此，同學們便開始了每月聚會。2015 年與健邦一起再組織 50 週年郵輪行，暢遊新加坡、吉隆坡、檳城、浮羅交怡、布吉。

台北 2010

雀局聯誼

29. 聯繫小學同學

　　大埔官立小學的同學，都珍惜大家的友誼。我家有地方開台打麻雀，慧玉又好客，使同學賓至如歸，我便經常約同學開台，與一群雀友形成小學同學中的核心。阿聯是以聯絡同學為己任，任勞任怨。我與阿聯經常合作，每年組織一次聯歡會，使少出現的同學也可藉著機會，與大家聚首。

30. 出版《與癌症搏鬥》

　　獻給患有癌症而感到絕望的同行者，希望能藉著我經歷的神跡，堅強他們的鬥志。願他們也獲得神的恩賜，重拾健康。

31. 出版此書

　　檢視自我的一生，希望能帶給別人或後輩鼓勵，及見証神的偉大和實在。

後記

　　這數十篇故事簡述了我的一生，亦多少反映了戰後出生的這一代香港人的景況。我們是幸運的一代，二戰剛結束，百廢待興。香港得天獨厚的優勢使之成為中國大陸對外的窗口，港英政府管治穩定，教育民生經濟俱日飛猛進，這使我們溫飽之餘，還能照顧上下兩代。更眼見中國自強崛起，民族從被輕視欺凌強大至使歐美側目，舒出了積在心底的清末民初的悶氣，心感暢快，不知讀者是否有同感。

　　這本書亦讓我把自己心中對父母的敬愛娓娓道來。當年我不曉溝通，對父母沒兩句親切的說話。尤其是對父親，我欠了他很多很多話，今藉《與父親談心》，向他傾吐了對他的尊崇及做他兒子的驕傲，心中頓然舒暢。

　　書中提及我在事業上和情感上所做的幾次抉擇，有輕率愚昧的，使我吃盡苦頭；亦有明智的，不畏艱難，先苦後甜。年輕的一輩可作為借鑒。

　　神給了我人生一條曲折而有趣的路，我衷心感謝神。儘管這兩年來特別艱苦，但憑著祂的支撐、引導，我還可以活得有意義。

我不為我將來憂慮，每一天只為主活；
我今天要與主同行，因祂知前面路程。

往昔記趣
一個香港人的歷奇

作者： 林允中

編輯： Margaret Miao

插畫： 梁珠林

設計： 4res

出版： 紅出版（青森文化）

地址：香港灣仔道133號卓凌中心11樓

出版計劃查詢電話：(852) 2540 7517

電郵：editor@red-publish.com

網址：http://www.red-publish.com

香港總經銷： 香港聯合書刊物流有限公司

台灣總經銷： 貿騰發賣股份有限公司

地址：新北市中和區立德街136號6樓

電話：(886) 2-8227-5988

網址：http://www.namode.com

出版日期： 2020年9月

圖書分類： 散文

ISBN： 978-988-8664-63-4

定價： 港幣98元正／新台幣390圓正